「……不要誤會。我打開這個，不是因為這是佐方同學的鞋櫃。」
綿苗結花（學校）
樸素不起眼的同班女生。想用驚喜的方式送出情人節巧克力……？
【好消息】
我的不起眼未婚妻在家有夠可愛。
7

掘田出流
與結奈、蘭夢隸屬於
同一間經紀公司的
聲優前輩。
這次將在她單獨主持的
廣播節目中邀請兩人
當來賓……？
「你們其實有夠要好的吧！」

You
組成團體！「飄搖★革命 with 油」
和泉結奈
（結花 工作版）
結花擔任聲優時的模樣。
「結奈，妳很有志氣。
從明天起——練習量變三倍，如何？」
「我超級想努力！
我們增加練習吧！」
紫之宮蘭夢
追求登上顛峰，嚴以律己的人氣聲優。溫柔地看著結奈，心中卻懷抱著某個「祕密」……

想在教室做做看的事情是……
「啊，對了。
我可以餵你吃便當嗎？」

「最近我有幾次感受到別人的視線，原來是你做的好事啊。」
野野花來夢
遊一國中時代的同學。她終於要揭露一切真相……？

「結奈會一～～直陪在你身邊！
所～以～～……我們一起歡笑吧？」
於是「真相」就此揭曉……！

「哼哼～～♪這是要給小遊的～～親手做的
巧克力～～♪愛情滿滿的巧克力～～♪」
綿苗結花（家裡）
正為了情人節製作
巧克力！由於做得太投入，
明明想給驚喜卻沒能
隱瞞過去？
FLOUR

【好消息】

我的不起眼未婚妻在家有夠可愛。

7

My Plain-looking Fiance is Secretly Sweet with Me.

Kadokawa Fantastic Novels

彩頁、內文插圖／たん旦

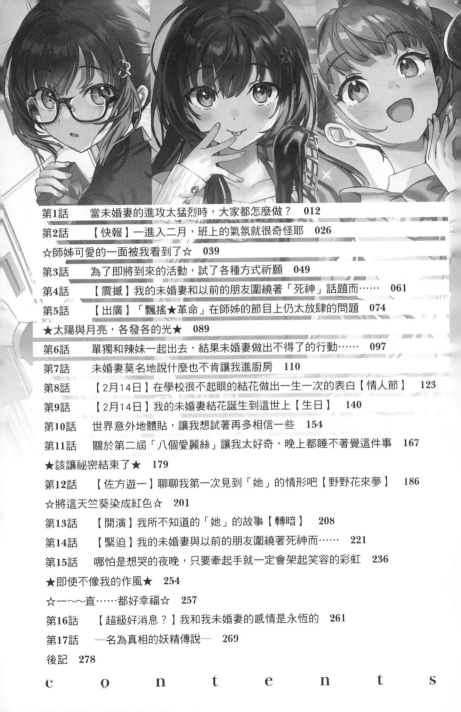

c o n t e n t s

第1話 當未婚妻的進攻太猛烈時，大家都怎麼做？

「呵嘻嘻嘻嘻♪呵嘻嘻～～♪」

打開客廳的門一看，發現結花在地毯上翻來翻去。

嘴角鬆弛到不行，瘋狂呵嘻呵嘻。

嗯，是一如往常的結花。

「唔喵喵♪唔喵喵，唔喵唔喵～～……唔喵～～！」

——更正。

比平常更呵嘻。

結花頻頻擺動雙腳鬧得很起勁，就像個天真無邪的孩子，連在一旁看的我都跟著開心起來。

雖然她之所以如此興奮……原因多半是昨晚那件事。

昨天安排了一場我和結花兩家人齊聚一堂的會面。

換作直到不久以前的我，多半也不會怎麼緊張，就馬虎度過了這個場面。

因為在我的認知裡……這門婚事是兩位喝了酒後意氣相投的父親之間一時興起而決定的。

然而——這門婚事另有隱情。

自從知道不管是我家老爸還是結花的父親都有各種考量後。

我全力煩惱，全力去面對。

面對沒能擺脫雙親離異與國三慘痛的失戀……一直避免三次元戀愛的自己。

接著，我與岳父展開了對峙。

「請把結花小姐——嫁給我！」我這麼說出了真心話。

我跨過了這種男人一生一次的大事……想到要對自己的心意老實，誓言要比以往更愛結花。

——不知該不該說是這麼做的結果。

心情高昂的昨天晚上。

我第一次主動……吻了結花。

「……嗚喵。小遊！早啊～～！」

結花一發現我，就立刻站起，轉身面向我。

然後眼睛閃閃發亮地撲進我懷裡。

「喂！結花，這樣很危險……會跌倒的。」

「嗚喵？不知道喵？」

「扮貓來著？」

「呵嘻嘻！對喵～～是小遊可愛的小貓咪結花喵～～♪」

她理所當然地謊稱自己的種族……

接著結花把臉頰按在我的胸口，像貓一樣磨蹭起來。

呃……別這樣吧？

很癢，而且其實有夠害羞的。

「真是的……結花妳想做什麼啦。」

「想親親。」

「…………什麼？」

總覺得她說了不得了的話……一定是我聽錯了吧。

那好～～重來重來。

「結花，妳變成貓咪模式，是怎麼啦？」

「想親親～～」

「……想中止（註：與想親親日文音近）？」

「才不是！如果突然換成用博多腔講話，那不就是個怪女生嗎！」

不不不，我覺得妳的行動早就夠怪了喔。

我這句話就要脫口而出——最後還是吞了回去。

因為結花貼著我的胸口不動，往上看著我的模樣——

……可愛得讓我嚇一跳。

「……你在看什麼～～」

「沒……沒有……我沒什麼特別的意思啦。」

「不要沒有意思地看啦～～小遊是笨蛋～～……喜歡。笨蛋，喜歡，笨蛋……最喜歡了。」

結果她用讓我的腦子都要融化的聲音這麼說著。

同時手繞到我背後——用力抱緊。

比剛才更加用力抱緊我。

「結……結花？」

「不要只用看的……來，我們親親？」

「呃……呃，這……」

「……唔。該不會是我的準備還不夠？」

我被她這一連串破天荒的攻擊弄得腦子幾乎要當機。

結花看著這樣的我，不知道是想到了什麼——只見她忽然閉上眼睛。

然後用力噘起嘴脣。

「…………小遊。」

不不不，等一下等一下。

不要用這種不設防的表情，撒嬌似的叫我的名字好嗎！

對我這個結奈推而言，和泉結奈語音的威力太強了。

……而且——

這種話說起來太害羞，我說不出口。

她澄澈的嗓音、稚氣的表情、嬌小的身軀。

她的純真、全力以赴、過度的體貼。

包括這一切在內，現在的我——就是太喜歡這樣的綿苗結花了啊。

所以，雖然她的心意讓我很開心……可是，該說是我的心跳變得很不妙，或是還沒做好心理準備……

「……喂～～？是這邊喔～～結花在這邊等著喔～～」

不知道結花是否看出我的怦然心動。

她閉著眼睛，指了指自己的嘴脣。

還踮起腳尖，想把臉湊近一些。

啊啊……這種孩子氣的感覺也很有結花的風格，好可愛啊。

——我正這麼想著。

「……小遊是笨蛋～～」

結花猛地睜開眼睛，不滿地噘起嘴脣。

接著不高興地說：

「既然這樣，在小遊想親親之前……我說什麼也不會死心！」

啊，這模式我很熟。

一旦結花變成這樣——就沒這麼容易停下。

源。

◆

所以呢，正為了沒被親而熱烈生氣中的結花小姐要我坐到沙發上，然後慢慢打開了電視的電源。

操作畫面上的訂閱內容選單，叫出節目清單。

「……為什麼要看電視劇？」

顯示在畫面上的是「流行的電視劇」清單。

我和結花平常看的節目除了動畫，差不多只有二原同學推薦的特攝作品。電視劇我們基本上不會選。

可是，為什麼……是「流行的電視劇」清單？

我正想著這樣的疑問，結花就選定了節目。

同時，一齣沒看過的電視劇最新一集開始上演。

「呃……這是什麼節目？」

「哼～～看了就知道！」

「呃，妳說看了就知道，但不是我在誇口，我可是連男女演員都不認得耶。我能進行三次元

臉孔認證的，頂多只到聲優。」

「哼～～這部戲的女主角聽說是模特兒出身！」

「這根本不構成可以放心的理由好嗎！是模特兒我就更不知道了！就連紫之宮蘭夢說她崇拜的真伽惠，我也是連長相都不知道——」

「真是的！請不要說那麼多，乖乖跟我一起看～～！」

結花鼓起臉頰這麼說。

然後鑽到我與沙發靠背之間，從後面抱緊我。

坐著從背後擁抱——緊貼得不得了的姿勢。

「……呵嘻嘻……小遊的氣味，喜歡～～……」

結花靠在我背上，說了幾句話。

明明叫我乖乖一起看，妳自己才不專心吧？

雖然我也是啦……頂在背上的柔軟物體讓我很在意，一點都沒辦法專心。

「……我喜歡你……呼……啊……」

——就在這個時候。

隨著幾聲淫蕩的嬌喘，畫面上出面一男一女嘴脣相印的場面。

她直接把男性推倒在床上，開始了一段長達數十秒的深吻。

男性的呼吸也越來越喘。

接著，只見男性把她的衣服往上一脫。

手放到胸罩背鉤——

「……等等，結花，這樣不妙啦！這是限制級的作品吧！」

「才……才不是！應該是全年齡級……因為這是最近在高中女生之間很紅的，有點激情的愛情劇！」

「這哪裡是有點！妳看！兩個人都在脫衣服了……換作動畫，這是要打白光的場面吧！」

「嗚……嗚～～……的確，比想像中色……可是，這真的是在高中女生之間很紅的劇啊！」

妳這麼強調在高中女生間很流行也沒用啊。

畢竟他們可是在床上肌膚相親，擁抱著接吻耶。

高中女生這麼喜歡看這種和成人片只有一線之隔的作品嗎……總覺得我對三次元女生的恐懼都要復甦了。

「欸，小遊……有沒有想親親了？」

就在方寸大亂的我耳邊。

結花甜美地輕聲細語。

一種電流般的刺激竄過全身。

電視就只是一再傳來那對男女粗重的呼吸。

「都……都是小遊不好喔。都……都是小遊不趕快親親……我才會努力想炒熱氣氛啊！」

「現在只是弄得很尷尬好嗎！」

「我……我也一樣尷尬啊！我都不知道這節目這麼色……有夠害羞的……」

結花說話的聲音愈來愈小。

往旁一看，發現結花下巴靠在我肩上，連耳朵都紅透了。

眼睛微微濕潤，嘴脣泛紅。

結花這誘人的模樣，讓我感覺到心跳在加快。

……我也是男生啊。

看到這樣的情形，別說接吻了——會想做很多事情。

正因為結束了兩家的會面，我變得比以往更喜歡結花。

才更想好好珍惜結花的心意。

——畢竟我……

無論對和泉結奈、學校的綿苗結花，還是家裡的結花。

——都由衷愛著。

「……呃，一開始在客廳遇到的時候，我很難為情，無法立刻親妳……對不起，結花。」

「……啊嗚嗚嗚嗚嗚……」

結花滿臉通紅，低頭不語。

我輕輕摸著結花的頭。

「妳也……不是想要這種很成人的吻吧？所以，我們先把電視關掉再說吧？下次我會做好心理準備，不是在這種氣氛下——而是讓自己能夠好好回應妳的心意。」

我自己都覺得這台詞好令人難為情，幾乎快說不下去。

我想珍惜結花的心意。

所以為了結束這尷尬的氣氛……我說出了自己的真心話。

「……也不是不想喔。」

——虧我這麼想……

結花卻丟了個不得了的爆炸性發言過來。

「……咦？」

我啞口無言，結花便匆匆挪到我身旁。

接著緊抓我的衣服下襬……帶著濕潤的眼睛說了：

「……雖然太色，總是很難為情，可是從昨天晚上我被小遊親了以後——腦子裡就一～～直滿滿的都是小遊。所以……好不好？」

結花就這麼靠到我肩上。

輕輕——閉上雙眼。

「求求你，小遊……給我滿滿的親親。」

高二的四月。

因緣際會之下，綿苗結花成了我的未婚妻。

雖然結花不擅長交際，在學校給人古板的印象，但最近在班上已經明顯更能和大家打成一片了。

她作為聲優，也是一直都很努力，躍進的腳步停不下來，甚至讓我很期待第二屆「八個愛麗絲」的結果發表。

而在家的結花——

真的……有夠可愛。

緊緊抓住我的心不放。

——所以……

儘管我們彼此尚未做好心理準備，並未做出超乎親吻的事。

但我們——親吻過了。

……一次又一次，幾乎都要膩了。

第2話　【快報】一進入二月，班上的氣氛就很奇怪耶

午休時間的教室裡。

我和阿雅面對面坐著，正要開始吃午餐。

「遊一，從今天起就是二月喔。再過不久，第二屆『八個愛麗絲』就要發表結果了，會不會太猛？」

阿雅一邊撕開從福利社買來的麵包包裝袋，一邊興奮地嚷嚷起來。

「啊～～……對喔，已經過了那麼久啦？」

我打開便當盒蓋，心有戚戚焉地回應。

從新年到現在，已經過了一個月嗎？

即使現在回想起來，我仍覺得今年的一月……實在是太濃密的一個月。

得知國三那年，把我被甩的消息傳遍全班的人並不是來夢本人。

本以為是老爸喝酒喝到興起而敲定的我們這門婚事，其實有他的一番苦心。

還有，我對結花的父親——說出了我身為她「未來丈夫」的覺悟。

整個一月充滿動盪。

即使認真說是我這輩子最難熬的一個月，應該也不為過。

當然我也覺得為了我與結花的將來，這樣的時間是必要的。

不過，我在認識結花前，可是個「沒有女友年資＝年齡」的男生耶。

這樣的我身上卻發生了要去請岳父准許這門婚事的事件……戀愛等級的通貨膨脹也太非比尋常了。

正因為歷經這麼一番消耗。

我不由得心想……二月實在是希望能過得平靜點。

「我說啊，遊一，我……等蘭夢大人成了『頂尖愛麗絲』，就要跟她結婚。」

「…………啥？」

我正沉溺在思索中，阿雅就丟來這麼一句讓人莫名其妙的妄語。

我真的搞不懂他在說什麼鬼話。

「……啊啊，你在插死亡旗？你現在是怎樣，想死嗎？」

「才不是，笨蛋！想也知道是在插通往大團圓結局的旗好嗎！」

「誰跟誰的？」

「你問這個，當然是……我和蘭夢大人啊。不要讓我說出來，很難為情耶！當蘭夢大人成為『頂尖愛麗絲』時，我和蘭夢大人——就要宣誓永恆的愛！」

「不要跟我說奇怪的妄想啦，很難為情耶。」

共感性羞恥太猛烈，我可是真的覺得很難受。

……哎，我知道啦。

我也是一旦開始妄想和結奈結婚，轉眼間三小時就過去了。他的心情我也不是不懂啦。

「……我說啊，遊一，你剛剛是不是在笑我？」

「……啥？」

阿雅明明到剛才都還開心地說著，卻又莫名轉變為一種像是會墮入黑暗面的表情。

「唉……你好好喔……你一定在想『我是真的要和結奈結婚就是了』對吧～～～～……？」

「我什麼都沒說好嗎！憑空捏造我根本沒做的刷優越感的行為，這也太創新了吧！」

「不～～對，你就是在刷優越感！是我做出這樣的判斷！」

這傢伙是怎樣？

阿雅的情緒實在太像雲霄飛車，甚至讓我感受到恐懼。

「喔～～兩位似乎聊得很起勁啊。」

正當我和阿雅進行著這種沒有內容的談話。

一名辣妹雙手撐在我們的桌上，嘴角一揚。

二原桃乃。

外表是開朗角色辣妹，其實超愛特攝的高中二年級生。

「哎呀呀？欸欸，佐方，你在看哪裡呢～～？」

二原同學說著，用力把自己制服的胸口部分拉緊。

這樣一來，她傲人的溪谷就露了出來。

我的視線也必然……會被吸過去。

「呀～～佐方看了人家胸部～～好色～～」

「慢著慢著！妳剛剛明明是自己對我秀出來的吧！」

「我是秀了沒錯……但看還是不看，還是由你自己決定的吧？」

「哪有可能！全體男生都沒有具備不看胸部的身體機能好嗎！」

自己強調胸部，設下圈套構陷看了胸部的對象。

真的是溪谷的魔女啊。

「……你那麼喜歡山谷，要不要乾脆變成獅子算了？」

就在這個時候。

冰天雪地般的說話聲刺進我的耳膜。

體溫一口氣降低。

腦子裡漸漸變得一片空白。

因為，這個嗓音是……

「傳說獅子會把自己的孩子推進萬丈深谷，而佐方同學就是想撲進胸部的山谷吧。佐方同學……真是禽獸。」

我戰戰兢兢地回頭一看。

不出所料，站在那兒的是——綿苗結花。

綁成馬尾搖曳的黑色長髮。

戴了眼鏡而顯得眼尾上揚的大眼睛。

結花一副在校款模樣，嘴抿成一字形，白眼瞪著我。

「綿……綿苗同學？這……這是所謂的不可抗力……」

「看胸部是不可抗力……禽獸都這麼說。」

「我是覺得禽獸都不會說話。」

「說一句就頂一句，有胸部就會看胸部是吧。惡劣。」

「別氣別氣。綿苗同學，妳冷靜點。佐方也許確實是很色……不過比起我，他對綿苗同學有興趣太多了啦！」

可不可以不要擅自貶低我的尊嚴？

畢竟場面之所以會混亂，元凶就是二原同學妳耶。

我正想著這樣的念頭——緊接著就看到……

二原同學從後伸手抓住結花的胸部。

「……喵！等……等等，桃桃……二原同學？」

她的鈕釦扣得很牢，所以看不見肌膚。

但胸部的雄偉變成即使隔著制服都看得出來。

「喏～綿苗同學，看看佐方的臉……他整個視線都固定在妳身上了吧？」

「啊……真的。佐方同學看得好認真……」

「妳在臉紅什麼啦！綿苗同學，妳也差不多該罵罵這個胡鬧的辣妹了啦！」

「好好喔～～～遊一～～～……可以想怎樣就怎樣～～～」

「你很囉唆！我才沒有想怎樣就怎樣！」

…………不過就像這樣。

動盪的一月結束後。

我們的日常——還是老樣子。

◆

「哎呀？桃和綿苗同學，為什麼和佐方他們一起吃午餐？」

那陣小小的騷動過後，說來說去，我們四個人還是一起吃飯。

結果二原同學的朋友經過附近，對我們說了這麼一句話。

對此，二原同學沒放下筷子就回答：

「還好，也沒什麼理由，就是覺得偶爾這樣也挺好玩～～」

「桃大概是這樣沒錯啦，可是綿苗同學這樣就挺稀奇了吧？」

「…………是嗎？」

似乎是因為突然被問到，結花肩膀一顫。

雖然結花和班上同學的距離比以前近，但她不太會應付這種突發狀況。

「喂～～你們在做什麼～～？」

「咦～～？綿苗同學跟佐方他們一起吃飯，好稀奇喔。」

說著說著。

又有幾個女生紛紛聚集到我們身邊。

「欸欸，綿苗同學，下次也和我們一起吃午飯吧？」

「……尚請關照。」

「啊哈哈！綿苗同學的用字遣詞果然很能戳中我的笑點～～妳和倉井他們在聊些什麼？」

「跟倉井同學……沒聊什麼。和二原同學，還有佐方同學……就那樣。」

「為什麼妳說得好像只排擠我一個人！妳明明也有跟我說話吧，我們四個人一起聊的吧！」

「…………有嗎？」

不確定是她太慌還是這屬於綿苗流的笑話。

聚集過來的女生們看到結花這樣裝傻的反應，笑得很開心。

那絕非嘲笑。

是她們以朋友的角度接受了綿苗結花這個路線，醞釀出來的溫馨氣氛。

一想到這種氣氛應該正是不擅長和人交流的結花一直尋求的事物——就覺得內心一陣溫馨。

「說到這個，桃，妳聽我說！她啊，要在今年的情人節……」

「欸……停！不要在有男生的地方講這種話！要是傳開怎麼辦啦！」

「咦，妳這反應是怎樣！該不會是要送真心巧克力？」

二原同學眼睛發亮，對女生們的話題很感興趣。

啊，對喔，畢竟是二月嘛……是會有這樣的話題吧。

——情人節。

對沒有異性緣的男生而言，就只有滿滿的痛苦，是由企業策劃出來的魔鬼事件。

「……我說遊一，你覺得如果拿巧克力片猛打，打得死型男嗎？」

「會先裂開吧……我是說巧克力片。」

阿雅在我身旁面露難色，說出這種莫名其妙的話。

雖然他的心情我是懂啦。直到去年為止，對於現實世界的情人節，我也只覺得煩人。

……但這也只到去年就是了。

「啊，順便問一下——綿苗同學，要送巧克力給誰？」

「呼咦？沒……沒有啊！」

就在這個時候。

結花被問到情人節的話題，做出露骨的可疑反應。

「啊！看妳這反應，有夠可疑！妳是要送真心巧克力吧，真心！」

「沒沒沒沒沒沒有啊！巧巧巧巧巧克力，是什麼東西啊！」

結花猛地起身，不斷擺動雙手。

不知道有巧克力這種東西也太奇怪了吧。要當可疑分子也該有個限度。

看到她這樣——旁人當然會更加興味盎然。

「好可愛……綿苗同學也太可愛了吧～～！」

「咦，是誰？要送誰？」

「會會會會會是誰呢！我我我我，我是綿苗結花……」

「……慢著慢著～～妳們，先好～～好看看周圍啦。」

二原同學站起來，制止聊女生話題聊得沸騰的女生們。

儘管她平常都在傻笑，會捉弄我和結花。

但我們真正遇到困難時，她就會像英雄一樣為我們居中協調——這就是特攝少女二原桃乃。

「現場有男生在，不可以談這種話題吧？綿苗同學也會困擾好嗎？如果是要送真心巧克力，那就更不用說了。」

「嗚……的確。」

「對不起喔，綿苗同學，我們自己鬧得太起勁。」

「不……不會！這沒什麼需要道歉的……我反而，有點開心。」

面對這群被二原同學一句話弄得氣氛低沉的女生。

結花有些畏首畏尾——說了：

「我以前……不曾和大家聊過這種話題。所以，雖然難為情——可是，很開心。」

結花說得生硬，但仍拚命坦白說出自己的心意。

女生們聽到她這麼說，不約而同地露出笑容。

「綿苗同學，妳不用這麼鄭重啦。」

「沒錯沒錯！我們也想和綿苗同學說話啊！」

「謝……謝謝妳們……」

「順便說一下，二月十四日其實也是綿苗同學的生日！對吧，綿苗同學！」

二原同學多半是要幫還很僵硬的結花緩頰，便丟出了這樣的話題。

「咦，好猛～～！生日是情人節，感覺好可愛～～！」

「咦、咦？那如果在情人節送出真心巧克力，然後開始交往——生日禮物就是男朋友嗎！」

「抱歉……我聽不太懂妳在說什麼。」

「那可得帶友情巧克力來才行了，而且也可以當成生日禮物！」

「啊……嘻嘻嘻。謝謝……我好開心。」

——看著結花在溫馨的氣氛籠罩下歡笑的側臉。

連我都胸口一陣溫熱。

離二月十四日還有些日子。

情人節和生日……為了讓結花過得盡興，我也得做好各種準備。

「倒是，桃還滿常和綿苗同學說話呢～還知道她的生日。」

「那當然。畢竟我和綿苗同學有夠要好的！對吧～綿苗同學！」

「嗯……嗯！二原同……桃桃她，是我最好的朋友。」

——「二原同學」說到一半就硬吞了回去。

結花明明白白地叫出了……「桃桃」這個稱呼。

就像結花平常在學校以外的地方叫她時那樣。

「…………結結。」

結花出人意表的一句話，讓二原同學——眼眶漸漸含淚。

然後，她似乎再也忍不住，用力抱住了結花。

「……就是啊。我也把結結——當成最好的朋友喔。」

結花與二原同學令人莞爾的模樣，讓其他女生也都開朗地笑了。

阿雅怔怔地看著這樣的光景，小聲說：

「……綿苗同學變了啊。往好的方向變了。」

聽到這句話，我大幅度地點頭。

毫不遲疑地回答：

「不用你說，這種事——我知道得最清楚了。」

——順便說一下，後來……

「所以，綿苗同學，結果妳的真心巧克力要給誰？」

「這……這個……我還太害羞，不好意思說……」

結花紅著臉……目光頻頻瞥來。

在談話中途多次朝我送出視線。

多虧二原同學察覺，居中協調……但說真的，別這樣好嗎？因為再怎麼說也太露骨了。

當然——我是很高興啦。

☆師姊可愛的一面被我看到了☆

「結奈，剛剛的舞步有點沒跟上。」

「好……好的！對不起，蘭夢師姊！」

我手撐在膝蓋上喘氣，就被蘭夢師姊精準地指出了問題。

呼咦……蘭夢師姊真的好厲害啊。

明明做一樣的練習，她的呼吸卻從未亂過。

——這裡是「60P製作」經紀公司內的練舞室。

今天一整天，我們借用這間練舞室賣力地練習新歌！

戴上綁成雙馬尾的咖啡色假髮，穿著上下成套的粉紅色運動服的我——和泉結奈。

穿著紫色大學T，優雅站著的紫之宮蘭夢師姊。

以及穿著露肩T恤&紅色短褲，累得癱在地上的掘田出流姊。

沒錯……「飄搖★革命 with 油（You）」的三個人一起練舞！

☆師姊可愛的一面被我看到了☆

「蘭……蘭夢……我們休息一下……會死……」

「剛才不是才休息過嗎，掘田姊？」

「我不像妳們這麼年輕……真是不好意思喔……！」

掘田姊說得像是在怨懟，當場躺成大字形。

或許是因為練舞練得氣喘吁吁，她的臉頰都紅了。

……好……好可愛！

掘田姊本來個子就比我小，眼睛也又圓又大。

她明明是師姊，這樣想很失禮——但我就是會忍不住想緊緊抱住她，上下撫摸她。

「……欸，結奈，妳剛剛是不是在想失禮的事情？」

「咦！怎……怎麼可能呢！我絕對沒有覺得掘田姊太萌角，讓我好想摸摸抱抱！」

「好～～要打架是吧！我買帳，出一桶石油買！」

「……我說，既然有精神了，我是想趕快繼續練習。」

我們正聊著，練舞室的門就喀啦一聲打開。

「妳們三個，練得很起勁呢。」

露面的是我和蘭夢師姊的經紀人久留實姊！

我每次都覺得咖啡色短鮑伯頭加上窄裙的組合好成熟喔。

如果我用這種成熟的魅力進攻，小遊是不是也會……怦然心動？

「怎麼啦，小實？妳帶點心來給我們嗎？」

「我是帶了。來，泡芙。」

「哇啊，謝謝久留實姊！這裡的泡芙很好吃耶！」

「吃完就回去練習吧。時間有限，我們沒有時間偷懶了。」

「蘭夢太斯巴達了啦！好啦，我會好好練啦！」

「……噗。啊哈哈哈！妳們果然很有意思，看都看不膩。」

——一聽到這個說話聲。

我們三個人立刻端正姿勢。

因為從久留實姊背後露臉的這個人是……

「啊啊，不要那麼拘謹。我只是湊巧過來經紀公司一趟，聽鉢川說妳們在練舞，就來參觀一下。」

看起來就很高級的灰色套裝。

漫捲的咖啡色頭髮亮麗得接近金色。

右眼旁邊的痣讓人覺得很美豔。

發出這種壓倒性存在感的，是站在這間經紀公司頂點的人。

「60P製作」代表董事——六条麗香。

「噢，對了。紫之宮、和泉……前幾天《愛廣》播出，評價很好呢。但願妳們三個就這樣入選第二屆『八個愛麗絲』。」

「好……好的！謝謝總經理，我們會努力的！」

「謝謝您，六条總經理。既然有幸加入她們兩位的團體……我會努力精進，留下好成績。」

我和掘田姊惶恐地做出最好的回答。

只有蘭夢師姊不一樣。

「我——一定會成為『頂尖愛麗絲』。」

她的眼神燃燒著靜靜的火苗——這麼說了。

看著這樣的蘭夢，六条總經理開心地笑著。

「喔？妳話說得可真滿啊，紫之宮。」

「我誓言將人生奉獻給『演戲』，成為了聲優。我一直全力以赴，哪怕要捨棄其他一切，也要讓自己能把夢想呈獻給觀眾。所以這次，我一定——要成為『頂尖愛麗絲』。」

「妳還是一樣志氣高昂呢。記得妳說妳這種人生態度是從惠身上學到的？」

「是的，就是這樣。真伽惠小姐對我來說——就是路標。」

即使面對六条總經理，蘭夢師姊也回答得一點都不猶豫。

蘭夢師姊果然好厲害，讓我忍不住嘆氣。

「……紫之宮這麼說了，妳有什麼感想嗎？」

「別鬧我了，麗香……這樣我會不好意思進去啊。」

有人像在責怪心情大好的六条總經理般這麼說了。

我正覺得這嗓音比較陌生。

就看到一名女性的身影——慢慢走進練舞室。

如果要舉例……就像從童話故事中飛出來的妖精。

她美得不像人世間所應有。

洋娃娃般大大的眼睛，瀑布般筆直垂下的黑髮。

而且她有著多半超過一百七十公分的高挑身材，是不折不扣的模特兒體型……微笑起來卻又像個少女。

我知道。我在雜誌上看過她。

記得這個人就是蘭夢師姊崇拜的——

「……真伽，惠小姐？」

蘭夢師姊遲疑地叫出了這個名字。

「是啊。幸會，『飄搖★革命 with 油』的各位。我是真伽惠——在『60P製作』擔任專務董事兼演員培訓部長。」

……是真正的真伽惠小姐。

早在我懂事之前就讓全日本沸騰的頂尖模特兒。

和六条總經理一起創辦了「60P製作」的——雲端上的人。

「……麗香妳看，就因為妳拉高了門檻，大家才不知道該怎麼反應。」

「不就只是因為妳是她們崇拜的人嗎？對吧，鉢川？」

「咦，總經理問我嗎？呃……無論是六条總經理還是真伽小姐，對我們而言都是走在雲端上的人物，所以我想無論她們是對哪一位緊張，都是當然的……」

六条總經理側眼看著答得吞吞吐吐的久留實姊，笑得很開心。

「也是啦，玩笑開過頭也許是事實吧。那麼我就鄭重介紹……惠，她就是紫之宮。」

「幸會，紫之宮小姐。妳的傳聞我聽麗香說了。聽說妳對演戲投入了常人沒有的熱情，有著美妙的才能。」

「哪……哪裡，您過獎了。比起真伽小姐，我還差得遠……」

「咦？妳這是什麼反應？平常強勢的蘭夢跑哪兒去了？」

「……對真伽小姐克盡禮儀是當然的吧？掘田姊，請妳看一下現場氣氛。」

「怎麼樣也輪不到妳和結奈叫我看現場氣氛……」

哇啊……我可能還是第一次看到蘭夢師姊這麼惶恐。

怎麼辦？連我都跟著緊張起來了……

「很榮幸見到妳，真伽小姐。『站上頂點，就是要擁有捨棄自己一切的覺悟，將人生的一切都奉獻出去』——這句話，到現在仍然是我的精神支柱。」

「哇啊，真虧妳知道這段話。那是我在很久以前的訪談裡說的話呢。」

「我在發誓把一切都投注在『演戲』的那個時候，知道了這句話——讓我深受啟發。我認為……多虧真伽小姐的這個信條成了我的路標，我才能全力投入聲優業。」

「…………是這樣啊。能幫上妳的忙，真是太好了。」

真伽小姐聽蘭夢師姊說完，先停頓了一拍。

然後以和藹的聲調這麼回應。

接著——她轉過身，面向我和掘田姊。

「和泉小姐和掘田小姐，妳們兩位我也聽說了，妳們非常有個性，閃閃發光。」

「謝謝誇獎。作為團體最年長的成員，我會努力帶領她們兩位！」

「呃，呃……謝、謝謝誇獎……」

啊嗚嗚嗚……我太慌張，說得吞吞吐吐。

我啊，比起蘭夢師姊和掘田姊，實在太差勁了啦……

「演戲的人——各有各的信念，各有各的光芒。正確答案不是只有一種。所以，希望妳們三位……都能重視自己的想法。」

——簡直讓我覺得剛剛那樣有點沮喪，實在太傻氣了。

真伽小姐說話的音色就是這麼溫和。

「這話說來平凡，不過我支持妳們。期望妳們三位……不，是期望這間經紀公司的各位，都能面帶滿滿的笑容——展翅高飛。」

這一瞬間，真伽小姐的笑容——簡直像天使。

不知道怎麼回事，我就是……忍不住怦然心動。

◆

「……嘻嘻嘻！」

練完舞，在更衣室換衣服。

我忽然想起和真伽小姐說話時的情形……忍不住笑了出來。

「結奈，妳在發什麼呆？」

蘭夢師姊狐疑地看著這樣的我。

至於掘田姊，她早就換好衣服，回休息室了。

「不……不是什麼大不了的事啦。只是想到，和真伽小姐說話時的蘭夢師姊和平常的落差好大，好可愛……就只是在想這樣的事而已！」

「……我可以判斷為這是在嘲笑我嗎？」

呀啊啊啊啊！

蘭夢師姊眼神根本沒在笑嘛！

「對……對不起，蘭夢師姊！可……可是……我被蘭夢師姊的熱忱感動，這是真的。所以我也要──努力登上『八個愛麗絲』！」

我手忙腳亂地這麼解釋。

蘭夢師姊──表情也變得柔和。

「也對……我們彼此加油吧。走向更高的境界。」

「好耶，蘭夢師姊！既然這樣，我們一定要留下好成績！要好好練習，也要去神社參拜！」

「這個話題最後會講到要求神？結奈妳……真是老樣子。」

☆師姊可愛的一面被我看到了☆

啊……我是不是又說了傻話？

看到蘭夢師姊傻眼的反應，讓我稍微開始反省，結果……

「不過的確——偶爾求個好兆頭或許也不錯呢。」

蘭夢師姊說笑似的這麼說完——

瞇起眼睛……對我露出滿面笑容。

第3話 為了即將到來的活動，試了各種方式祈願

「欸欸，小遊！我們來約會！」

結花毫無預兆地這麼一說。

就「嘿」的一聲，朝躺在沙發上的我的腹部飛撲過來。

陽光灑落的假日客廳裡。

我的未婚妻在我肚子上懶洋洋，心情大好地傻笑。

「呃……不是去約會，就這樣悠哉躺著，可以嗎？」

「——啊！我都忘了，怎麼可以就這樣懶洋洋地呆著！小遊的悠哉力量太可怕了……」

「是結花自己在悠哉吧。」

「才不是好嗎？是小遊拐騙我～～小遊是笨蛋～～……嘻嘻，騙你的，最喜歡你了。」

結花出其不意的精神攻擊。

當場見效。我的心臟一瞬間停了。

——呃，我說正經的，可不可以別這樣？

第3話
為了即將到來的活動，試了各種方式祈願

因為不管有幾條命，剩餘機數都會歸零。

「然……然後呢？妳是有想去的地方才這麼說的吧？」

「啊，嗯！我有個地方說什麼都想去，不知道你肯不肯陪我一起去。」

「如果我說不要呢？」

「我會哭。」

「如果我說要呢？」

「結花會親你。」

這也讓我不方便說想去耶。會搞得像我是為了親親才說要去。

我正這麼想著……啾。

結花就把自己的嘴脣印上我的嘴脣。

「等等！結……結結結結花？」

「啊～～親都親下去了，這樣一來，也只能去了吧！」

結花說著，微微吐出舌頭笑了笑。

我會覺得她的臉頰微微泛紅……想必不是陽光造成的。

「所以呢……小遊！請你跟我一起來祈願！」

◆

「小遊♪小遊♪」

結花用像動物叫聲的聲調呼喚我的名字。

並且坐在我身旁，把頭放在我胸口……用力磨蹭。

嗯。怎麼說，的確是一如往常的結花沒錯……

但我還是狠下心——用不至於會痛的力道朝她的腦門劈了一記手刀。

「——嗚喵！小……小遊……家暴？呀～救命啊～好喜歡～」

「也說得太難聽了吧……我說啊，結花，這裡是哪裡？」

「是電車上～」

「就是啊，是電車上吧？那麼，要是在電車上，卻像在家時一樣黏在一起，妳覺得會怎麼樣呢？」

「會很幸福！」

「才不會！我是說這樣會被旁人冷眼看待，所以叫妳別這樣！」

最近的結花真讓我招架不住。

愛撒嬌這點是從以前就這樣沒錯。

但從兩家人的會面結束後，該說是變得太超過了嗎？

簡單說——就是笨蛋情侶感全開。

「……我也明白。在外頭打情罵俏太過火不好，這種事我還知道的。」

似乎是我的提醒生效了。

結花開始微微低頭，小聲說著：

「可是啊，一想起我們剛開始住在一起的時候，也曾像這樣搭電車出門……我就滿心都是好喜歡小遊的心情，忍不住玩鬧起來。」

「啊啊……是這樣啊。我們搭電車去購物中心，結果在那邊被二原同學發現。當時可鬧得不可開交啊。」

感覺已經過了很久，但明明還只是幾個月前的事。

我正這樣回想當時的情形——

結花就抓住我的衣角，往上看著我。

「小遊……跟你說對不起啦，不要討厭人家喔。」

被她用令人心癢的可愛嗓音這麼說。

被她用剔透的美麗眼眸注視。

我實在沒辦法直視她。

「那還用說。我討厭結花……這種事絕對不可能發生啦。」

——我竭盡全力才擠出這樣的回答。

「哇啊……果然好大喔，小遊！」

我們就這樣度過了令人臉紅心跳的電車時間。

我與結花來到將要舉辦第二屆「八個愛麗絲」發表會的會場前。

到處都豎立著巨大的白色圓柱。

由這些圓柱支撐起的建築物大得抬頭也無法盡收眼底。

讓我不由得深切體認到……這與以往和泉結奈參加的活動規模完全不一樣。

「來這裡一趟，就是妳說的祈願？」

「嗯！到時候會參與發表會的人是誰，在下下週的結果發表前，連我們都不知道。雖然有可能性的聲優都會先空出行程就是了。」

所以……

結花仰望活動會場，以開朗的聲調說：

「你不覺得在結果發表出來前，像這樣先來見識見識，有種像在許願的感覺嗎？」

「……嗯。的確，妳說得對。」

我看向結花天真笑著的側臉，深深點頭。

希望結花這種一心一意又純真的努力能夠開花結果。

我由衷——這麼想。

「……我啊，不是蘭夢師姊那種很厲害的聲優。」

結花自言自語似的說了。

「所以，我一直認為自己和排行榜之類的事情無緣……也沒有這樣的執著。因為只要粉絲們都能面帶笑容，小遊還有家人、朋友也都能笑著度過每一天——那麼即使我的人氣還好，也夠幸福了。」

「那麼，為什麼要來祈願……？」

我還沒說完，結花就轉頭面向我。

然後用右手撥起隨風飄揚的黑髮。

「……認識小遊，我得到了滿滿的幸福，還有勇氣。無論是在班上沒辦法好好說話，總是一個人過的綿苗結花——還是老是失敗而沮喪的和泉結奈，都多虧了小遊，得以改變。」

接著結花——微微一笑。

就像在陽光下盛開的花朵。

「所以，我想報答這份心意。不只是小遊——還有給了我滿滿支持的家人和桃桃、跟我一起參加各種活動的蘭夢師姊和掘田姊、一直支持我的久留實姊——我想報答大家的心意。」

她說話的聲調平靜，但話裡——蘊含了熊熊燃燒的意念。

所以我想……支持這樣的結花到最後。

無論是身為和泉結奈頭號粉絲的「談戀愛的死神」。

還是身為綿苗結花僅此一人的「丈夫」——佐方遊一。

◆

我和結花離開活動會場後，搭電車回到住家所在地。

在最近的車站下車後，結花開始走向不是回家的方向。

我產生疑問，但我決定今天就陪結花到她滿意為止，於是默默從後跟上。

而我們抵達的地方——是神社。

新年我們兩個回結花老家時參拜過了。

當時聊到最後變成二原同學和阿雅也要一起去——然後結花說是「第二次新年參拜」，來的就是這間神社。

記得上次來的時候，結花去參加巫女體驗，換上白衣紅袴，還接受了巫女指導該有什麼樣的言行舉止。

「小遊，我買神籤來了～～！」

我正懷念起短短一個月前的事……結花就一手拿著剛買來的神籤，朝我跑過來。

然後她把採蛇腹折法的神籤遞給我。

「小……小遊，幫我打開。因為我怕抽到凶～～……」

「不，這種籤不自己打開就沒有意義了吧？」

「才不會沒有意義！是要搭配小遊力量，讓神籤威力倍增！」

我不是那種拜了會有保佑的人，我只是個隨處可見的平凡高中生。

我是這麼想，不過……既然這樣能讓結花滿意，就別計較了吧。

我從結花手中接過神籤，做了一次大大的深呼吸。

然後戰戰兢兢地——打開了神籤。

「哇啊！是大吉啊，小遊！好厲害，好厲害～～！」

結花一看到籤詩，立刻表情一亮，整個人撲過來抱住我。

搔著鼻頭的髮絲滿是柑橘類的香氣。

「……來這裡果然來對了。我就覺得這裡一定很靈驗。」

結花整個人貼在我胸口，喃喃說著。

……真希望她不要維持這個姿勢說話。

因為她呼的氣讓我癢得不得了。

「結花妳信仰有這麼虔誠？」

「因為我和你的婚事能得到全家認同，也都是多虧這裡的神社和我家鄉的神社嘛。而且，我在活動會場也許了願，所以會有兩倍靈驗！然後小遊碰到了神籤——會變成四倍靈驗！」

「妳這是哪來的靈驗方程式啦！被妳這樣期待，神明也會為難吧！」

結花破天荒的計算方式讓我忍不住吐槽。

但結花莫名露出得意的表情。

「而我還知道另一位……最棒的神明！這個神帥氣又可愛，不管什麼時候都很寶貝我——是我最喜歡的神！」

結花先列出一串不太會用來描述神明的讚美。

然後手伸進口袋——拿出了一個信封。

非常眼熟的粉紅色信封。

非常眼熟的幾行字。

嗯，錯不了。

這是——「談戀愛的死神」寄給和泉結奈的粉絲信。

「這間神社的神明和『談戀愛的死神』……我就是有兩位天神保佑嘛。這樣一來，我不就達到百萬倍靈驗了嗎！」

「不會不會！而且雖然說是筆名，那可是死神耶！反而覺得會遭天譴，往負的方向靈驗……結花，趕快收起來好嗎？」

——來夢的那件事成了致命一擊，讓我的心「死掉」。

——「愛上」結奈，像活死人一樣動了起來。

我就是基於這種不重要的緣由，取了「談戀愛的死神」這個名字。

當然我沒有任何神蹟般的力量，而且名字就不吉利到了極點。

一旦把這種會遭天譴的名稱和正經的神明並列供奉……別說有保佑了，甚至有可能遭天譴好嗎？

「才不會變成負的。」

但結花如此斷定。

然後用左右手分別拿著神籤和粉絲信，對我眨了一隻眼睛。

「就是因為有『談戀愛的死神』在，我才會無論多麼沮喪都能重新振作起來。而且也正因為有『談戀愛的死神』，我才能認識小遊。這樣的『談戀愛的死神』——怎麼可能是死神嘛。」

——這個時候。

一陣強風從我和結花之間吹過。

「……啊！」

被強風吹了個出其不意。

粉絲信從結花的右手鬆脫，飛上了天。

結花趕緊伸出手。

但她的手指沒抓到東西，粉絲信被吹向神社外。

我見狀……反射性地跑了出去。

——啊啊。

我這才想起，第一次見到結花的時候也是這樣的情形。

「談戀愛的死神」寄給她的粉紅色信封被風吹走。

掛在行道樹的樹枝上，我替她拿下來。

我們……就是這麼邂逅的。

「……遊一？」

可是——

命運之神令人難以捉摸。

似乎也會送來——人所不期望的相遇。

「呃……這個，是遊一的嗎？」

沒錯，撿起這封被風吹走的粉絲信的人——

——是我曾經喜歡的對象，野野花來夢。

第4話　【震撼】我的未婚妻和以前的朋友圍繞著「死神」話題而……

為了祈求結奈能入選「八個愛麗絲」，我和結奈來到附近的神社。

在那兒，結花拿出了我——「談戀愛的死神」寄給她的粉絲信。

——然而，彷彿命運在捉弄我們。

粉絲信被風吹走……送到了一名少女手上。

「……來夢？為什麼妳會來這裡？」

栗子色短鮑伯頭、稍粗的眉毛。

寬鬆的黃綠色大學T底下是白嫩的苗條雙腿。

野野花來夢就這樣一身與從前沒兩樣的模樣——悠哉地笑了笑。

「咦～～？那是我要說的話吧。我沒想到會在這種地方見到你，嚇了一跳呢。」

來夢和方寸大亂的我相反，顯得若無其事。

「說起來，你屬於會來求神拜佛的類型嗎？」

第4話
【震撼】我的未婚妻和以前的朋友圍繞著「死神」話題而……

「我才要說，妳根本不是會求神拜佛的類型吧。」

「啊哈哈～～的確平常也許不會吧。今天，我是有點被熟人感化，想著偶爾求個好兆頭也不錯，就來了～～」

來夢瞇起眼睛，頗為開心地笑了。

她將手上的信封遞給我。

「不過～～先別說我的事了吧？來，遊一，這是你掉的東西——」

話說到一半。

來夢看見信封上寫的寄件人——

「…………『談戀愛的死神』？」

——一陣毛骨悚然。

我覺得全身汗毛直豎。

因為，來夢唸出「談戀愛的死神」這個名字時——聲調是那麼沉重。

「……這個名字是？」

「啊，噢……就是所謂的筆名。」

來夢明明大多數時候都顯得無拘無束，不管發生什麼事都不為所動。

然而為什麼呢？

現在她顯得——有些動搖。

「筆名……所以，這是你的名字啊？」

「嗯……嗯。妳也知道，像是寫粉絲信或是到廣播節目留言之類，不就會用到嗎？這個筆名就是我在這種時候用的……」

「這樣啊——你是寄給誰的時候用的？」

「咦？呃，啊～……這不太方便說，該說是寄給我支持的聲優嗎……」

是寄給為我鍾愛的角色結奈配音的——和泉結奈！

……這樣的話實在說不出口吧。

我是哪根筋不對，要對以前甩掉我的對象大談自己的推角啦。

要是做出這種事，我大概會作惡夢好一陣子，因為無地自容到了極點。

「小……小遊～～！」

我正糾結著，就看到結花也氣喘吁吁地跑了過來。

「怪……怪了？來夢同學？」

「……啊哈哈～～好久不見了，結花同學。」

「咦……咦？小遊，為什麼和來夢同學……啊！這……這該不會是……出……！」

「才不是！這不是出軌！」

「就是說啊～～結花同學，我只是湊巧撿起了這個。」

來夢這麼一說……

就把我還沒接下的粉絲信——轉而遞向結花。

結花一看到粉絲信，立刻表情一亮。

「啊……這個！謝謝妳，來夢！是我笨手笨腳，讓這封信被風吹走……」

「這樣啊，原來是結花同學的啊～～這封信那麼重要嗎？」

「是！……是我非常寶貝的東西。」

結花露出略顯害羞的表情伸出手。

從來夢手上接下了粉絲信。

「這麼說來——遊一你說你支持的聲優，指的就是結花同學啊？」

結花當場手一顫。

我也同樣感覺到背脊發涼。

來夢交互看著這樣的我和結花……淡淡地說下去：

「首先，寫這封信的人——是遊一，畢竟他自己都說了。而遊一還說這封信是寄給他『支持的聲優』。也就是說，擁有這封信的結花同學——就是遊一支持的聲優！」

來夢說到最後，扯起了嗓門。

無論是我還是結花，都被她的音量震懾住，當場定格。

「……啊哈哈～抱歉抱歉，我玩得過火了點吧？」

來夢迅速變回平常的聲調。

接著雙手輕輕一拍。

「我一想到還沒演過名偵探……就忍不住進入演戲模式了。對不起～嚇到你們了吧？」

「哪是嚇到而已，來夢同學……我還以為心臟都要跳出來了呢。」

「啊哈哈～不過，我也嚇了一跳喔。真沒想到結花同學就是遊一支持的聲優，好厲害喔～也就是說，粉絲和聲優在一起吧？」

「嘻……嘻嘻嘻。嗯……差不多是這樣。」

結花，結花。

妳整張臉都在傻笑，笑意全都漏出來了！

來夢在這樣的結花身旁，視線轉向我，笑咪咪地說：

「你們放心吧。我啊，最討厭到處說別人的戀情或祕密了……我不會告訴任何人。畢竟像國三那時候的事，也像我之前解釋的那樣。」

「啊……嗯……沒事。因為我現在知道國三那時候的事只是我誤會了。」

「謝謝你，遊一。我真的很討厭那樣，所以啊～……我也好好處罰過散播那個消息的男生了喔，但內容我就不說了。」

妳不說做了什麼，反而更嚇人耶。

笑咪咪的人狠狠地處罰，這絕對是很不妙的處罰吧。

我一邊這樣想，一邊盯著來夢。

——從以前就和任何人都能大方交談。

有很多言行顯得天真，但什麼事都能做得很好。

然而……讓人有種深不可測的感覺。

野野花來夢這個女生——就是這種不可思議的人。

「可是……我心裡還是有點不痛快。」

——結果忽然間……

來夢微微加重了語氣。

然後不改臉上一如往常的笑容。

對結花……說了：

「因為演員和粉絲交往這種事——我不太喜歡。」

◆

「…………咦？」

來夢丟出這麼一句令人意想不到的話，讓我不由得發出狀況外的疑問聲。

她的表情一如往常。

但聲調與舉止——蘊含了一種不同於往常的鋒銳氣魄。

可是，不知道是為什麼。

照理說我不曾見過這樣的來夢……卻莫名有種既視感。

「對不起喔。之前也說過，我還挺喜歡演戲的，所以……就是會在意這種事情。雖然這是我多管閒事啦。」

「妳說的這種事情……是指和粉絲交往嗎？」

「嗯。」

結花有些說不出話來，但仍拚命做出回應。

即使看到結花這樣，來夢仍不改一貫的笑容……繼續說：

「結花同學是聲優，沒錯吧？也就是說，有很多粉絲支持著結花同學。這樣的結花同學和一位粉絲建立親密的關係，妳不覺得這樣有風險嗎？」

「風險……呃，例如緋聞之類？」

「……也對，就是這麼回事。」

來夢說著，大大地聳了聳肩。

她以更像演戲的舉止說出她的論調。

「例如，我想想喔……演員和某人交往，這完全是很正常的事吧？可是，就連一般的戀愛──還是有一定數量的人會覺得心裡不是滋味吧？說來遺憾就是了。」

這……也許是這樣。

某個聲優的狂熱粉絲一聽說聲優與別人交往的緋聞，就立刻轉為該聲優的黑粉──這是很常聽到的事。

「而且，一旦『交往對象是一名粉絲』，就會變成『為什麼只對他好！』……會因此更覺得不是滋味的人，我想應該也很多。因為這件事導致結花同學受到抨擊，這樣的情形也有可能發生。當然──我說的終究只是可能性喔。」

來夢說著，雙手再度輕輕一拍。

然後以平靜得嚇人的聲調宣告：

「啊哈哈～～對不起喔，我這種人說著這種大話。可是啊，和粉絲交往——就是這麼沉重的事。所以我認為得有所覺悟，結花同學，妳說對嗎？」

「————對！謝謝妳的提醒，來夢同學！」

面對這樣的來夢，結花笑咪咪地回答。

她仍一手拿著粉絲信——以明明白白的語氣說：

「來夢同學說的話，我非常明白。我也覺得的確必須當成一件很重大的事情看待……我真心這麼認為。」

接著結花將右手按在胸口。

「我有個很崇拜的師姊。這個師姊——蘭夢師姊她非常嚴格，在工作上比誰都更嚴以律己……是個非常帥氣的人。蘭夢師姊是個一心投入工作的人，她想必會和來夢同學說一樣的話，所以……我現在有種被師姊斥責的感覺。」

——啊啊，原來啊。

我剛才感受到的既視感，原來就是這個嗎？

平常是完全不一樣，但今天的來夢感覺的確……

和紫之宮蘭夢——有幾分相像。

「……啊哈哈～我自認不是在斥責妳啦～如果讓妳不舒服，對不起喔。」

來夢眼尾下垂，過意不去地低頭道歉。

「怎麼會不舒服呢！我反而要謝謝妳為我操心，來夢同學！」

結花先用力揮動雙手打圓場。

然後笑咪咪地宣告自己的心意：

「可是我……好喜歡小遊，也好喜歡家人、朋友。而支持我的各位粉絲也一樣——我當然都好喜歡。」

來夢歪了歪頭，大概是聽不懂結花說這些話的意圖。

結花正面和這樣的來夢對視。

說道：

「所以……我沒辦法只選一個人，或是放棄哪一樣。因為我還滿貪心的。無論是所有粉絲，還是我珍視的人們——我希望大～家臉上都能有笑容！所以，我會好好打起精神……但是對不起！請讓我珍惜這一切！」

……聽到這番話，我忍不住笑了出來。

結花她在這種時候意外地倔強。

可是……包含這樣的一面。

我都覺得——這個答案很有結花的風格。

「……這樣啊。這就是結花同學的想法啊？」

來夢默默聽結花說完，然後小聲問起。

「是。這就是我的想法……也是我身為和泉結奈想實現的夢想。雖然我想來夢同學和蘭夢師姊聽了大概會傻眼就是了。」

「可是，妳不打算改變心意吧？」

「是！」

她的回答乾脆得令人覺得痛快。

來夢聽到她這麼說，表情放鬆——放聲笑了出來。

「啊哈哈～～是嗎是嗎？希望大家臉上都能有笑容嗎……很有結花同學的風格呢。」

「……我說啊，來夢，妳為什麼這麼在意和粉絲交往這件事？」

「咦～～？就是我剛才說的那樣，因為我喜歡演戲啊。這就是我的自我認同嘛。」

來夢將食指按在嘴脣上，俏皮地說了。

接著她轉身背向我們。

「跟你們兩位道歉，我說了奇怪的話。」

「這是無所謂，不過……來夢，妳今天是怎麼了？」

「沒事啊。真是的，遊一就愛操心……不用在意我，你要好好珍惜結花同學喔～～」

「──來夢同學！」

結花朝著走遠的來夢的背影大聲呼喊。

來夢當場停下腳步。

「來夢同學，我們改天再多聊聊喔！我會帶桃桃他們一起去咖啡廳玩！」

「……啊哈哈！結花同學真的──是個好厲害的人呢。」

來夢自言自語似的這麼說完。

慢慢轉過身……面向我們。

「謝謝。結花同學，我們改天再見。」

她的臉上──有著一如往常柔和平靜的笑容。

第5話　【出廣】「飄搖★革命」在師姊的節目上仍太放肆的問題

「……這是怎樣？來夢對你們說了這樣的話？」

我不經意說起前幾天在神社發生的事情。

結果坐在旁邊的二原同學眉頭皺得比我意料的還深。

「總覺得……好奇怪。來夢究竟在打什麼主意啊……」

順便說一下，我和二原同學所在的地方——是阿雅的房間。

今年一月，我們也曾為了聽《愛廣特別節目》而聚集在這裡。

而今天也有著絕對不能錯過的重要任務……所以我們才會又這樣在阿雅的房間裡待命。

雖然地板上東西放得亂七八糟，很讓人分心，但與大事相比，這都是雞毛蒜皮的小事，就已寬容的心忍耐吧。

「欸～～倉井，來夢的情形，你怎麼看？」

「啊？啊～～我想想……」

阿雅一邊在電視畫面上操作訂閱內容，一邊懶洋洋地回答。

「說起來，來夢從以前就會惡作劇，或是做出一些讓人猜不懂的言行啊。要說她和平常一樣，也的確是一樣吧？」

「話是這麼說沒錯啦，可是說什麼和粉絲交往不好……為什麼她會突然對結結說這種話呢？她和結結應該只有上次在『石灰燈』見過一面。」

「啊～～……聽妳這麼一說，她們的確幾乎不認識啊。而且——她們兩個的關係，一個是遊一現在的未婚妻，一個是遊一以前的心上人，一般應該會說些別的話吧？」

「……嗯？未婚妻和心上人之類的，和這件事無關吧？」

「你不懂嗎？遊一……我想你是不懂啦，遊一！幸福呆了的你不會懂吧！」

阿雅在莫名其妙的時間點整個亢奮起來。

然後在自己的大腿上一拍，大聲說：

「未婚妻ＶＳ以前的女人……那當然會演變成妖精打架吧！一般都會展開以血洗血的場外亂鬥啊！」

一般才不會這樣。

你的腦內治安差得要命耶。

「……來夢她果然有像『空氣』的一面啊。」

二原同學完全無視在一旁大聲嚷嚷的阿雅。

自言自語似的說出了這句話。

二原同學的話讓我想不通——歪頭納悶。

「來夢像空氣……我看反而是相反吧？她和誰都能大方交談，不管和什麼樣的團體待在一起都能打成一片，怎麼看都是社交強者吧？我倒覺得要說像空氣，應該是指我這種類型……」

「呃～～不是不是！我不是指存在感稀薄……是說輕飄飄，讓人難以捉摸的那種『空氣』的感覺。不管待在哪裡都不突兀，不管待在哪裡都能融入——可是來夢自己在想什麼，就讓人看不太出來，不是嗎？」

……啊啊。

如果是這個意思，我就能懂二原同學為什麼這麼說。

的確，國中時代我常和來夢說話，也經常大家聚在一起玩。

記得無論是什麼時候，來夢都笑咪咪地和大家打成一片。

——可是……

就像二原同學給人的感覺像是開朗角色辣妹，其實卻是特攝鐵粉，個性非常為朋友著想。

又像阿雅成天說些傻話，情緒經常有讓人費解的起伏，但意外地有男子氣概。

我對野野花來夢——就比較沒有這種深入的了解。

「……的確，也許二原同學說得沒錯。我以前都沒放在心上，也許我真的沒聽來夢說過什麼真心話。」

「……就是啊。我也算是和來夢聊過不少……但感受到她說出真心話，就只有一次。就是她甩了你後來找我商量，以後要怎麼跟你相處才好——只有那一次。」

我們當中沒有人知道來夢的真心話。

這樣一想，就覺得——那個拿著「談戀愛的死神」的粉絲信時和平常不一樣的來夢……

搞不好……反而最接近真正的來夢。

「受不了，接下來是很重要的時間，你們不要一臉沒勁好嗎！」

啪一聲滿大的聲響迴盪在四周的同時……背上傳來一陣熱辣辣的痛。

我一邊摸著背一邊瞪向突然攻擊我的人。

「很痛耶，阿雅。」

「誰理你。你和二原來我家是要做什麼？不要在節目開播前把氣氛弄得這麼沉重。」

「……說得也是。抱歉，倉井！」

二原同學雙手一拍，立刻切換情緒。

相對地，阿雅則特別用力耍帥，還給我露出裝模作樣的笑容。

「比起甩掉你的女人，你該談的是現在的未婚妻吧，遊一。」

「……你幹嘛說得像是什麼名言似的？名言這種東西，在想說成名言的那一瞬間就失去資格了好嗎？」

「你別這樣啦！虧別人的台詞根本犯規吧！」

大概是因為被我戳到痛處，阿雅放粗了嗓子大吼。

這樣的對話——感覺一如往常，真讓人安心。

「不過……綿苗同學她好厲害啊，聽著都覺得痛快。」

「雖然認為來夢的意見有道理的人應該也不少就是了。」

「大概吧。只是我覺得……聲優不也是人嗎？有喜歡的對象，和那個人交往，又怎麼樣？我們粉絲可是隨時都從聲優那兒得到多得要命的幸福耶——多到不是聲優和誰交往就能扯平。而且啊……」

阿雅有點難為情地從我身上移開視線。

他先清了清嗓子，然後才說：

「就算聲優有喜歡的對象，只要在粉絲面前拚命做好自己的工作，重視粉絲——也夠神對應了吧。」

◆

所以……我們調整好心態。

我、阿雅與二原同學按捺住高昂的情緒，跪坐在電視機前等待。

結果畫面切換——直播就此開始。

「《掘田出流廣播　愛挖不挖！》——來喔來喔～～各位聽眾出流安～～我是主持人掘田出流～～哎呀，最近會不會太冷了點，搞得我都過著爬不出暖桌的生活耶——」

顯示在畫面上的，是常被我家未婚妻添麻煩的聲優掘田出流。

而這是她的冠名節目《掘田出流廣播　愛挖不挖！》——通稱《出廣》。

每個月直播一次，而且有畫面。

掘田出流那小動物般的可愛感頗受好評，而她以令人痛快的切入角度展開談話的風格，也讓這個節目被掘田出流粉絲評為神節目……聽說是這樣。

我也是第一次看，所以那些都只是來自社群網站的情報。

「各位聽眾也許已經知道，我為『出流』這個角色配音的《Love Idol Dream! Alice Stage☆》裡——我，掘田出流！確定將會加入一個叫『飄搖★革命　with　油』的團體了！耶～～」

或許因為是自己的冠名節目，掘田出流表現出來的感覺比在《愛廣》的時候放鬆。

不過……接下來才是真正的地獄。

「今天我們就請到這個團體的團員擔任來賓～～！那麼，兩位，進來吧～～」

「好的——各位聽眾，出流安，我是紫之宮蘭夢。」

「各……各位聽眾！大家好愛麗——」

和泉結奈尚未說完，紫之宮蘭夢已經一手摀住她的嘴。

「結奈，那是其他廣播節目用的招呼語。」

「對……對不起！我太緊張，差點弄錯……」

「妳太大意了。如果妳剛剛把那句話說完——妳想會發生什麼樣的事態？」

「咦？呃～～……會被掘田姊處罰……？」

「……這也算答對了。相信等著妳的會是很苛刻的處罰吧。」

「喂！也說得太難聽了！不要來人家的節目玩還搞出莫須有的負評風波！」

「我再鄭重地說一次，出流安！我是和泉結奈！」

「妳有沒有在聽人家說話！」

……怎麼辦？《出廣》正以超乎想像的超高速受到和泉結奈&紫之宮蘭夢世界侵蝕……

「好的，那我們回歸正題——我們三個不是組成了團體嗎？我還是第一次看到練習量這麼非同小可的團體。雖然我也自負我們因此能完成很棒的表演……但是真～～的～～有夠累！」

「會嗎？我的認知倒是覺得那只有暖身操的程度。」

「蘭夢，妳說話還真可怕……結奈覺得怎麼樣？」

「呃……最近發生了一些讓我提升鬥志的事！所以我也超級想努力！我們增加練習吧！」

「結奈，妳很有志氣。從明天起——練習量變三倍，如何？」

「呀～～！你們其實有夠要好的吧！只有我的身心都在嚴重耗損，這也太奇怪了吧！」

改天找個好吃的點心送給掘田出流吧。真的。

說起來……就像這樣。

和泉結奈展開少根筋的談話。

紫之宮蘭夢丟出不同向量的奇特提議。

掘田出流全力吐槽——《出廣》就以這種一如往常的平衡愉快地進行下去。

「那麼，我們進入下一個單元～～……『看看會挖掘出什～～麼？』！」

掘田出流唸出單元名稱時，我往旁瞥了一眼。

二原同學朝電視探出上半身，以認真的表情看著結花。

真不愧是結花最好的朋友，看著都讓我莞爾。

至於阿雅——「呼，蘭夢大人……妳棒透啦……」他唸唸有詞，嘴角上揚笑著。

真不愧是我最好的朋友，看著都讓我覺得沒救了。

「掘田姊，這個盒子是什麼東西？」

「這個盒子裡啊，裝著寫有題目的紙。我每抽一張，我們三個人就要對這個主題深入探討，不知道會不會激盪出一些不為人知的情節……這個單元就是要呈現這樣的內容～～」

「原來如此，我大概明白了。不過，不管抽到什麼樣的主題——我無論什麼時候，都只需要全力以赴就好。」

「妳對這種分享小故事的抱負也太沉重了……算了，沒關係啦。那我要抽了～～——『初戀』！好的，我的節目完蛋了～～！」

掘田出流做反應的速度已經達到諧星的領域了，明明是聲優。

話說回來——我也能體會她會想嘆氣的心情。

畢竟來賓可是和泉結奈與紫之宮蘭夢耶。

講到「初戀」這種主題，想也知道一定會出事。

該說《出廣》的工作人員挑戰尺度邊緣太過火了嗎……真希望他們對掘田出流多點體貼。

「好的！好的好的～～！我想第一個回答～～！」

「我的初戀是在六歲的時候，對象是幼稚園的老師。雖然現在未必這樣，但我小時候似乎喜歡年紀比我大的人。」

「好的好的好的～～！我的初戀，是滿最近的事情！然後對象是——」

「小時候不都會覺得老師看起來很成熟嗎？會吧！不過等自己長大了，就會覺得大人的內涵其實意外地幼稚就是了！」

「他有著像大人那樣很帥氣的感覺！也有像小孩子一樣讓人想尖叫大喊好可愛～～想吃掉他～～的感覺！他兩種都有，我最喜歡的——」

「好了。完畢！以上就是『看看會挖掘出什～～麼？』——單元！」

「請等一下啦！我『弟弟』的事情都還沒說完！」

她以驚人的速度搶話，不給和泉結奈說話的空檔。

原來如此，這就是掘田出流派的危機迴避技巧嗎？聲優好厲害啊。

……真的很對不起，我家未婚妻給妳添麻煩了。

「——對我來說的初戀，也許是當聲優以前的我的墓碑。」

兩人吵得正熱烈。

紫之宮蘭夢……緩緩開了口。

「……墓碑？蘭夢，這話怎麼說？」

「因為我不聰明……只會一種生存方式，在想窮究一件事的時候，只能捨棄其他一切。所以，從我發誓要窮究『演戲』的時候起——我談戀愛的對象，我的愛，都只給『演戲』。」

從和泉結奈破天荒地大談「弟弟」急轉直下，這太嚴肅的氣氛讓攝影棚內變得鴉雀無聲。

「所以初戀……是我的墓碑。在當聲優以前，我天真地對別人懷抱好感，在純真無瑕的幸福中胸口發熱——我覺得那樣的我沉睡在初戀那個地方。」

「…………現在一定也還在的。」

對於紫之宮蘭夢這番有著沉重覺悟的話語……

和泉結奈露出柔和的微笑——說道：

「像是難受的回憶或是後悔的心情，這些也許會隨著時間……一點一滴消失。可是，人經過成長，漸漸改變——這不意味著過去的自己在消失。所以我想……到現在，那個師姊還是存在於師姊的內心深處，那個天真無瑕的，小小的蘭夢師姊。」

紫之宮蘭夢面不改色……只是默默聽著和泉結奈說話。

掘田出流交互看看她們兩人的臉。

然後以很有師姊風範的樣子——說了：

「……還好啦，妳們兩個都還很年輕，一邊為各式各樣的事情煩惱一邊照自己的方式去努力，也沒什麼不好吧？然後——如果能到最後都有笑容，那就是對的吧。大概啦。」

「即興出流出流三十秒」！今天的三個題目是——「油王　美少女　泡澡」。

好難……呃，大家都想當油王吧？成了油王，就會有超大一筆錢掉下來，蓋得起房子，可以吃喜歡吃的東西，還不用工作！全都是好事吧？那麼，要怎樣才能成為油王呢……答案是，得到石油美少女！所謂的石油美少女……就是那個啊，像是動物變成美少女賽跑啦，刀變成美少年亂舞啦，就是這種……擬人化！沒錯，石油的擬人化！有一天，石油變成美少女，出現在你面前。然後她一泡澡，哎呀，不可思議地——澡盆裡滿滿都是石油！於是你就成了油王。太棒了！

……好的！那麼就請兩位來賓各自為我打分數，滿分是十分。

合計是——九分！也太低！

結奈給了八分是吧，謝謝妳……然後？蘭夢，給一分是怎樣！

……因為沒有詳細描述石油為什麼會變成美少女？

即興三十秒的說故事，哪有辦法塞那麼多東西進去啦！

——《掘田出流廣播　愛挖不挖！》。

◆

就這樣，《出廣》的直播結束。

我們三個人失魂落魄，癱坐在阿雅的房間裡。

「……倒是今天的結結，有夠像天使的吧！不妙，她太可愛，我差點被她萌死！」

「今天的蘭夢大人……比平常更美啊。初戀是墓碑嗎……她的嚴以律己好猛啊。我要不要也把蘭夢大人當成墓碑呢……」

把別人當墓碑很令人困擾，別這樣，我說真的。

——震動震動♪

就在這種可以說已經成了慣例的時間點……我的手機收到了結花打來的電話。

我按下通話鍵，將手機按在耳邊。

「喂？結花，妳不是還在後台休息室——」

『你～～聽～～了～～吧～～？小遊是～～……笨～～蛋！』

「太蠻橫了吧！今天和平常不一樣，是妳拜託我聽的吧！說妳要參加師姊的冠名節目，希望我們多支持點播放次數！」

『是～～這～～樣～～沒～～錯～～啊～～小遊是～～……笨～～蛋！笨～～蛋，笨蛋。嘻嘻！』

結花以黏人力全開的調調說出這樣的話。

就這樣跟我聊到心滿意足後——

結花最後……喃喃說道：

『……嘻嘻。畢竟這個流程就是我們夫妻的——例行公事嘛。遵守例行公事，絕對會比較開心啊！小遊～～……我～～喜歡你☆』

「……那麼我先失陪了。」

我披上厚大衣，把有簷帽戴得很深。

我──紫之宮蘭夢，從休息室的椅子上起身。

「啊，蘭夢，還有結奈也是……要不要偶爾三個人一起去吃個飯再走？我會當個好師姊請客的。」

「哇！真的嗎？掘田姊！我想去，三個人一起吃飯！」

只是掘田姊邀我們吃飯，結奈就變得格外興奮。

我覺得她還是一樣天真無邪，或者說很純真。

正因為這樣──今天我想和她保持點距離。

「對不起。今天我就不奉陪了……等改天有機會。」

我和兩人道別，離開了攝影棚。

一來到外面，二月的空氣很冰冷，甚至讓我覺得刺痛。

★太陽與月亮，各發各的光★

——昨天的自己很不對勁。

因為跟結奈聊到，結果一反常態地想去參拜，便去到附近的神社。

也不知道是出於什麼命運的捉弄，在那兒——我見到了遊一和結奈。

當然，吃驚是有的。

然而我不會因為這點小事就演不好「來夢」。

聊些無關緊要的話，然後離開現場……我本來是這樣打算的。

——直到看見粉絲信上寫的「談戀愛的死神」這個名字為止。

「『因為演員和粉絲交往這種事——我不太喜歡』嗎？連我自己……都覺得這句發言相當差勁呢。」

我特意試著說出來，結果感受到自己的過度失態，甚至讓人想笑。

那一瞬間——我的確沒演好。

隨時笑咪咪，待人和善，能平靜地和任何人相處——「來夢」的這種面具微微鬆脫，讓我露出了真面目。

自己說要在演戲這條路上邁向顛峰，自己的不成熟讓我覺得可恥。

而且，說出的還是這種話……實是愚不可及。

「……拒絕了他表白的女人，卻管起他與現在女友的關係，在遊一看來，想必不愉快到了極點。我實在是個──壞女人。」

──沖繩公演那時候，我也是事後這樣反省。

我想看一眼而接近結奈的「弟弟」，結果得知是遊一。

我不由得……以紫之宮蘭夢的身分對遊一說話。

遊一過得很好。

遊一能認識結奈這個重要的人。

讓我好開心……就為了這個非常輕率的理由。

──我明明知道。

國三那時候，我沒能回應遊一的心意。

結果導致消息傳遍全班，深深傷了遊一的心。

我明知道這樣的自己──再也不應該接近遊一。

「遊一，如果你……不是『談戀愛的死神』，該有多好。」

我知道自己有多自私。然而，我就是無法不說出這個心聲。

希望遊一再也不要受傷，希望他幸福。

這個念頭是真的，而且我也認為既然他有了結奈這個重要的對象，那是非常可喜的。

然而，我無論如何——就是會想到和泉結奈的今後。

和泉結奈或許真的少根筋，很多發言都毫無脈絡。

當她想到什麼主意，也會不時若無其事地做出不按牌理出牌的行動。

真的是個讓人照顧起來很費心的師妹。

然而……我同時也認為她有著耀眼的魅力。

正因為這樣，我才不希望她……走上聲優與粉絲談戀愛這條危險的路。

雖然我也理解這樣的想法很自我陶醉。

——野野花來夢很怕對別人說起自己的夢想。

從上了國中，進話劇社以後，「希望透過演戲與歌唱帶給大家幸福」這個夢想就愈來愈大。

然而，野野花來夢……隱瞞了這件事。

說起自己想實現的夢想時——

有人嘲笑這個夢想；有人反對我走這條路；有人否定這個希望。

我討厭這樣。這樣的世界讓我不快。

於是，弱小的我逃避了說出真心話活下去……在現實中也開始「演戲」。

——戴上「來夢」這個面具。

之後的我，隨時都笑咪咪地過日子。

和誰都能自然說話，立刻就能打成一片。

無論和什麼樣的團體在一起，都能融入場上的氣氛來和大家相處。

給人的感覺很隨和，很會溝通的女生……我就是這樣「演戲」過著日子。

不和任何人共享夢想，就只是獨自默默努力的日子。

只有一件事，拯救了我的這種心靈——那就是真伽惠所說的「站上頂點，就是要擁有捨棄自己一切的覺悟，將人生的一切都奉獻出去」這段話。

就這樣，一直孤獨鑽研的紫之宮蘭夢。

某次——認識了和泉結奈。

「初……初初初初次見面！還……還請兜兜指教！」

「……不用這麼緊張的。」

第一次見到她時，我心想這孩子是多麼毛躁。

「呃，請問蘭夢師姊喜歡什麼樣的零食！順便說一下，我喜歡聖代！」

「……聖代算是零食嗎？」

也覺得這孩子是多麼自然。

我心想，她不像我這樣用演戲武裝自己……她就是一切都那麼認真，那麼坦率，這就是她的心意。

——和泉結奈和我不一樣。

從第一次見面直到現在，我都不曾改變這個想法。

然而，在漸漸了解結奈的過程中——我還得知她有她自己的一套發光發熱的方式。

擁有許多夢想，擁有許多重視的事物。

然而，不放棄任何一個——為了實現所有夢想而努力的和泉結奈。

追求一個夢想，無論自己付出多大的犧牲都在所不惜。

發誓只有這唯一的夢想，絕不輸給任何人——力圖全力發光發熱的紫之宮蘭夢。

和泉結奈和紫之宮蘭夢不一樣。

如果要舉例，對……就像太陽與月亮。

發光的方式、追尋的目標，都完全不一樣。

然而——就像太陽成不了月亮，月亮成不了太陽。

我認為也有著和泉結奈這種我絕對模仿不來的光。

正因為這樣，我才會一反常態——

不由自主地——非常重視和泉結奈這個師妹。

◆

「…………？」

我沉浸在感傷中，快步走著夜路時。

忽然間，我感覺到別人的視線——便從大馬路轉進巷子裡。

然後我快步走向巷子深處，躲了起來。

——噠噠噠！

★太陽與月亮，各發各的光★

幾秒鐘後，我聽見有人以相當劇烈的勢頭跑走的腳步聲。

「……還真會抓時機。」

我——紫之宮蘭夢，佇立在沒有人經過的巷子裡不動，自嘲地笑了笑。

雖然不確定剛才那人究竟是媒體記者，還是完全無關的形跡可疑者。

但我擔心結奈鬧出醜聞，自己卻碰上這樣的風險，真是被打敗了。

然而……這也沒辦法。

因為我認為背負這樣的風險是邁向高處的代價。

因為這就是我自己選擇的——生存方式。

第6話　單獨和辣妹一起出去，結果未婚妻做出不得了的行動……

二月十二日，星期六。

離十四日的情人節&結花生日，還剩兩天的這個時間點。

我獨自——站在購物中心的入口附近。

由於是週六，購物中心的人潮相當多。

有攜家帶眷的顧客，也有看似情侶的顧客，我看著形形色色的客人從我身旁走過……背靠在牆上，有一搭沒一搭地滑著手機。

『倒是哥，你有好好去買小結的生日禮物嗎？』

『我現在正要買。』

『啊，是嗎？那你打算買什麼？』

『評估中。順便問問，那由妳覺得送什麼好？』

『錢。只是，必須多到夠一輩子吃喝玩樂。』

『……除此之外呢？』

『啥？不然像是狗狗。聽話的狗……當然，是哥你要變成狗。』

完全沒有參考價值。

是沒關係啦……我從一開始就絲毫不覺得那由會給我正經的建議。

我和結花開始同居已經過了十個月。

先前我也有過好幾次送她禮物的機會，每次我都自己去挑選禮物。

然而——我對結花的父親當面提起婚事。

就是在我和結花的距離比以前更加拉近的時間點迎來這個生日。

要挑選這種重要局面的禮物……缺乏女性經驗的我真的能選得得體嗎？

不～～很難說吧。

所以，今天——我就請到了顧問同行。

我是覺得差不多該來了啦……

「——呀喝！佐方～～！」

聽到有人叫我，我猛一抬頭。

用力揮著雙手跑向我的——是開朗角色辣妹二原桃乃。

天氣明明這麼冷，她卻穿著膝上迷你裙。

相反地，上半身則披著有毛皮的厚大衣。

上下的溫差好凶猛啊。

我一邊這麼想一邊看著跑過來的二原同學……隨即發現她的黑色肩背包上有著大大的「dB（分貝）」商標。

「久等了～～呃，你有夠用力盯著我看耶～～怎麼，是看桃乃大人的時髦高中女生打扮看得出神了？」

「嚴格說來這是dB打扮吧……妳這包包還有《假面跑者聲靈dB》的商標。」

「喔，佐方你挺行的嘛～～沒錯沒錯，這包包是我去連動咖啡館的時候買的精品！然後，這個服裝啊，是主打新角色——會變身成假面跑者音樂會的高中女生的形象！也就是那個連名字都還沒揭曉的神祕新角色！」

啊～～……原來啊。的確，高中女生當假面跑者，這種類型的新角色，二原同學一定會想模仿吧。

這個辣妹還是老樣子，對特攝也太忠誠了。

「不過這就先不說了……今天你就是要和我這個第二夫人一起來一場恩愛的約會吧～～？」

「才不是！我可不記得是根據這個主旨找妳來的！」

「咦～～好冷漠喔……你看，這裡有很棒的胸部喔。」

二原同學說著，抓住自己的胸部往中間擠。

胸部發生不得了的擠壓變形。

我腦裡的突觸肯定燒斷了幾條——這攻擊也太可怕了吧！

「……呃，真的別這樣好嗎？不要搞這種被人看到會害我人生卡關的惡作劇……」

「啊哈哈哈！佐方你好好笑。抱歉抱歉，我會好好配合啦……你挑結結的生日禮物，我給你建議，這樣就行了吧？」

坦白說，我早就料到找二原同學來會弄成這樣。

可是——畢竟我身邊沒有其他可以依靠的人。

那由　↓　問都不用問

勇海　↓　問都不用問

鉢川小姐　↓　百分之百會因為嫉妒而生氣

阿雅　↓　不懂女生想要什麼

……果然用消去法選到最後，只剩下二原同學啊。雖然終究是消去法的結果就是了。

「眼前可以請妳維持一定的社交距離，當我是今天第一次見到面的陌生人，為我挑選禮物提供建議嗎？」

「這辦不到吧！而且陌生人突然給建議，根本就很可怕吧！」

「那就從有點距離的地方，打電話給我建議……」

「真是的，佐方你啊，說穿了就是那麼一回事吧？你怕結結誤會，以為我跟你兩個人祕密約會。」

「……是這樣沒錯。照老套的漫畫橋段，不就是會被她撞見或是被第三者碰巧看到，把會錯意的情報傳給她？我不希望因為這種事讓結花心裡不舒服……」

「那只要從一開始就把情形告訴結結，不就好了？」

……的確。

說到送禮物就想到驚喜，這樣的想法跑太快，讓我沒能想到這一步。

想到自己的不機靈，讓我有點沮喪。

「——哼哼哼，這邊這位先生，您似乎遇到困難了呢。」

二原同學看到這樣的我，也不知道想到了什麼主意……只見她露出一臉跩樣。

「呃……妳突然發笑，是怎樣？」

「也沒有啦，我是早就想到會有這種情形，所以超級英雄桃乃大人……事先做好了安排！」

二原同學得意洋洋地這麼一說——朝身後的樹蔭下張開手。

站在那兒的……

是戴著針織帽與太陽眼鏡，披著及膝長大衣的……結花。

……嗯？結花？

「為了讓結結事後不用吃醋……今天的行程，我已經都跟她說明清楚了！所以，我們正常地一起購物也沒關係！畢竟結結一直都從後面看著！」

「不不不！這和原來的主旨不一樣吧！已經根本一點驚喜都不剩了！」

就在這個時間點，我的手機震動了。

拿起手機一看，上面有結花傳來的ＲＩＮＥ訊息。

『結結什麼都不知道～～奇怪～～今天小遊跑哪兒去了呢～～？是在購物中心嗎？不是嗎？不知道耶～～』

——就這樣。

由我、結花、二原同學一起進行的這場叫作驚喜的……平凡購物行程開始了。

這是什麼鬧劇。

◆

「欸欸，佐方！這個怎麼樣？『ＤＸ開花火箭砲』！」

「這只是二原同學妳自己想要吧！」

「才不是！『ＤＸ花開火箭砲』我已經有了！」

來到購物中心，我和二原同學一起尋找要送給結花的禮物。

二原同學找到一間玩具店，忍不住過去看看……於是發展到現在的情形。

——震動震動♪

手機收到ＲＩＮＥ訊息而震動。

『結結什麼都不知道～～……不過覺得在玩具店待太久，可能不太好！會感受到唔～～的波動！』

……唔～～的波動是什麼啦？

回頭一看，變裝不澈底的結花就站在不遠處的貨架旁。

她鼓起臉頰，露出「唔～～」的表情。原來唔～～的波動是這個意思嗎？

「好啦，二原同學，這裡大概不會有結花想要的東西……嚴格說來，多半會形成我們兩個玩得很開心的構圖。所以我們去下一間店吧？」

「啊，ＯＫ！畢竟特攝成分已經補給到了——接著，就由強化型態桃乃大人為大家報導！」

二原同學心情很好地這麼一說，輕輕握住我的手，邁出腳步。

「那我想想……像剛才看到的飾品店，怎麼樣？」

「啊，嗯，就去看看——」

「好！那我們可要馬力全開了！」

就這樣，我被二原同學牽著手走的時候，結花也傳了好幾次ＲＩＮＥ訊息來。

『我什麼都不知道！但我認為，人與人的距離感很重要！』

接下來的我們——不折不扣是一團混沌。

例如說，在飾品店。

「等一等，佐方！這個，是不是有夠可愛！」

二原同學每次叫住我，都會理所當然地來勾住我的手臂。

「二原同學，距離很近！距離太近了！」

「咦～～會嗎？我們就先看看項鍊吧。你看，像這樣的！」

她把項鍊按在胸口，大概是想呈現戴起來的感覺給我看。

但這樣一來……我的視線說什麼都會看向胸部，所以真希望她別這樣。

「嗚喵～～！胸部……胸喵～～！」

店裡離我們有點距離的地方傳來結花像是貓叫的吼聲。

結花對胸部的仇恨很可怕……所以我強行帶著二原同學離開了這家店。

例如說，在服裝店。

「像這件，結結穿起來一～～定會很好看吧！啊，可是，這件應該也會很好看耶……欸欸，佐方，你覺得哪一件好？」

「咦！不……不清楚啊。我完全沒有時尚概念，只看衣服也是一頭霧水——」

「ＯＫ！那就包在我身上！」

二原同學話還沒說完就拿著看上的衣服，走進試衣間。

過了一會，拉簾拉開。

二原同學身上穿的是白色的襯衫。

只是——緊繃得非比尋常。

「噗！妳穿成這見不得人的樣子是怎樣！」

「不是啦，是胸部比我想像中還緊……不趕快脫掉的話，感覺鈕釦都要彈開了。」

二原同學說得沒錯，被她的胸部擠得隆起的襯衫鈕釦已經完全處在發出哀號的狀態。

而且，緊貼著二原身體的布料底下……隱約看得到像是黑色胸罩的形狀。

「……咳。咳咳！咳咳咳！咳咳！」

店裡離我們有點距離的地方傳來一陣格外有韻律感的咳嗽聲。

結花對胸部的仇恨很可怕……所以我強行把二原同學推回了試衣間。

而最嚴重的是——女性內衣店。

「……等等，為什麼要來女性內衣店！我知道了！二原同學其實是邪惡組織派來的間諜，想對我進行社會性抹殺吧！」

「才不是。畢竟結結那麼喜歡你嘛……如果買了你喜歡的內衣，說不定她就會很高興啊。不是嗎不是嗎♪」

二原同學說得起勁，推著我的背——想讓我走進內衣店。

住手！我不想死！我不想死啊～～～～！

「——不……不行～～～～！」

在女性內衣店前這樣形跡實在太可疑，但我還是手忙腳亂地抗拒。

結果有個戴著太陽眼鏡與針織帽的可疑人士猛力衝了過來。

接著——她摘下太陽眼鏡，脫掉針織帽。

結花維持一臉不開心的表情……緊緊抱住我。

「驚喜中止～～！不可以跟桃桃打情罵俏～～！小遊只要跟我一起買東西，跟我打情罵俏就好！真是的……小遊是笨蛋～～！」

◆

二月十二日，星期六。

為了迎接即將來臨的十四日情人節&結花的生日，我企圖為她準備驚喜禮物。

最終卻莫名——和結花兩個人走在購物中心裡面。

「我說啊，結花……我們也差不多該分開了吧？」

二原同學回去之後，我覺得應該已經過了三十分鐘左右。

至於結花，她緊緊抱住我的手臂，不肯分開。

「哼！你跟桃桃就貼得那～～麼緊？跟我卻已經要分開了～～？到底是哪裡不一樣呢～～是胸圍的貧富差距嗎～～」

「妳果然在記恨嗎……就跟妳說，剛剛的狀況是來自辣妹特有的距離感失調，絕對不是我喜歡那樣好嗎？」

我對進入瘋狂鬧彆扭模式的結花懇切地解釋。

但結花大為不滿地噘起嘴脣。

「是～～～～喔？……那我要問問題。小遊對桃桃的胸部一點都沒有想入非非嗎～～？你敢對神發誓嗎～～？」

「…………我敢，發誓。」

「剛剛有停頓！絕～～對是騙人的！小遊是笨蛋～～！胸部星人！」

結花先這樣不聽話地鬧了好一會。

然後微微踮起腳尖——把臉湊到我耳邊。

輕聲細語地說：

「……我的生日就快到了，而且我也覺得會長大。所以……呃，在我長到小遊喜歡的大小之前——再等我一下下喔。」

……太賊了吧，展開這樣可愛的攻擊當驚喜。

結花也真是的。

真要說起來，結花現在的樣子——就已經讓我覺得比任何人都更有魅力了。

第6話
單獨和辣妹一起出去，結果未婚妻做出不得了的行動……

第7話　未婚妻莫名地說什麼也不肯讓我進廚房

二月十三日，星期日。

時刻已經快要來到晚上九點。

明天就是情人節&結花的生日。

給結花的驚喜禮物準備計畫……是以一團亂的結果作收。

但畢竟是第一次幫結花慶生——我得努力讓她過得開心。

好～～為了因應明天，今天就早點睡吧。

——於是……

我打算最後再喝一杯水，走向了廚房。

「呀～～！小遊色色～～！」

……明明只是想喝水。

我才剛要踏進廚房，就被冠以莫須有的罪名。

這麼一個天外飛來的黑鍋，當然是結花塞給我的。

而且，她還莫名地用雙手推我的肩膀，想把我推離廚房。

「……我是覺得這也太冤枉人了，結花怎麼看呢？」

「小遊就是色色！乖乖退開吧！」

「我想喝水……」

「那我會端到走廊去！小遊～～請你～～挪步到走廊～～」

結花用力推著我的肩膀，強硬地持續這麼主張。

……今天她特別強硬啊。

完全搞不懂是怎麼回事，不過結花就是這樣。

她多半是要用某種方法來對我撒嬌吧。一定是。

我決定先隨波逐流，乖乖退到走廊。

「那我去倒水，小遊，你在這邊等我喔！」

結花看我退到走廊，似乎心滿意足，說話聲音都變得雀躍，獨自回到廚房。

那麼……今天的結花是在打什麼主意呢？

我一邊轉著這樣的念頭，一邊怔怔地看著結花的背影，結果——

——我才總算發現結花圍著圍裙。

「居然……是圍裙……？」

我不由得自言自語。

同時，我覺醒過來的頭腦得出了一個結論。

情人節前一天。

女生在廚房做東西。

對男生保密。

「這樣，不就……只可能是親手做的巧克力了嘛……」

我大概是太亢奮，被結花傳染了口頭禪。

我先做個深呼吸讓心情鎮定下來。

——說穿了，就是這麼回事吧。

結花瞞著我，親手做巧克力。

而我什麼都不知道就想走進現場，所以結花慌了。

一旦我就這麼走進廚房，她在做巧克力這件事就會穿幫。

「這可不妙！」——結花想到這裡，趕緊把我趕出了廚房。

謎題全都解開了。

然後………不妙，我有夠開心！

之前也有過好多好多次，結花弄得我怦然心動。

可是，情人節——對男生來說還是特別的一天。

收到女生送的真心巧克力，沒有男生會不開心。如果是親手做的巧克力，那就更不用說。

——對沒有異性緣的男生而言，就只有滿滿的痛苦？

——是由企業策劃出來的魔鬼事件？

嗯。記得以前我好像說過這樣的話。

遺憾。那只是嘴上不認輸而已。

不是我在自豪，我這輩子還沒收過真心巧克力。

所以，我就是——心動得不得了。

「小遊～～！我拿水來了～～！」

我正陷入思索，穿著圍裙的結花已經一隻手拿著水杯回來。

然後笑咪咪地朝我遞出水杯。

………怪了？

這時我發現一件事。

「我說啊，結花。」

「好的～～！被叫到了，我是結花～～！什麼事啊，小遊？」

「呃，妳鼻子沾到東西了……」

「嗚喵！」

我一指出這點，結花就立刻用雙手遮住自己的鼻尖。

「……呃，小遊？這個呢，呃，不是，就只是有東西在廚房彈跳，沾到我的鼻子……」

結花眼眶濕潤，慌慌張張地解釋。

啊……糟糕。

我心想得告訴她，於是說了出來，但也許這對女生來說是相當敏感的話題。

可得好好打圓場才行啊。

我懂的，結花。

妳就只是在做巧克力，結果不小心沾到鼻子上了吧？

「不用擔心啦，結花。我都明白，剛剛那只是巧——」

「——敲、敲～～可怕～～！敲～～可～～！到……到底是什麼東西在蹦蹦跳跳的～～！有種不好的預感耶～～！」

……………嗯？

結花回應的情形怪怪的……？

「呃，事情有點出乎我的意料……妳在說什麼啊，結花？」

「呃……呃……啊，對了！小遊，這是——鬼怪在作祟！會有東西沾到我的鼻子上，原因就是作祟！」

「我說真的，妳在說什麼鬼話啦！」

——以為未婚妻在親手做巧克力，沒想到卻是被作祟了。

這是什麼情形？

劇本爛也該有個限度吧。

「……難道說……」

這時，我冒出了一個想法。

搞不好結花……以為她做巧克力這件事還沒被我看穿。

所以為了明天給我驚喜，才想設法掩飾……？

「小遊，是作祟啊！這個家……不，是正好在廚房這裡——有一隻凶惡的鬼怪！」

有點……不，是相當。

掩飾的方向偏差相當大就是了。

◆

結花把手機放到桌上，設定成擴音模式。

『……喂？哥，我感覺有妖氣。』

太莫名其妙的第一句話讓我一聽就頭痛。

說話的人是我那個笨妹妹——佐方那由。

平常很傲，戴上假髮就很嬌，屬於傲嬌中的奇行種。

「那由……妳幾時成了妖怪？」

『啥？太失禮了吧？哥才更像妖怪吧。外表是童子，只在女生面前會萎縮——妖怪ＤＴ。』

「不要把童貞（註：童貞的日文讀音為DouTei）算成妖怪！妳會被全世界的童貞罵！」

『呿！』

——順便說一下，我和結花現在坐在走廊。

有夠冷的。

但結花她……以「鬧鬼」為由，不只不讓我進廚房，連客廳也不讓我進去。

比起親手做的巧克力，這個狀況還更surprise。

『總之，有妖氣很不妙的妖怪在。即使身在海外都感覺得到，真的。』

「如果到這程度，不請人除靈就不妙了吧？」

『眼前只要先撐過今天，大概就會消失了吧？雖然我也不知道啦。』

「設定也太鬆散了吧！那由，妳就老實回答，是結花拜託妳配合她的說詞吧？」

『……嘖，煩…………不妙，煩……』

呃，我聽得見耶。

可以別這樣小聲地認真咒罵嗎？

「小……小那！這就是那種情形吧？今天絕～～對不要進廚房比較好吧！只有小遊不要進廚房！」

「為什麼只有我！這妖怪的妖氣不是強得連在海外都感受得到嗎！既然是這樣，結花進去會很不妙吧！」

「我……我不要緊的！雖然不知道為什麼，但一定是這樣！對吧，小那，是這樣吧！」

『…………大概吧？』

經過一段有夠長的停頓後，那由懶洋洋地說了。

我看這傢伙是愈來愈懶得演下去了吧。

『……ＯＫ，我知道了。我知道有唯一一個人可以除靈，我會叫那傢伙馬上去辦。』

「咦！小那，不可以除靈！在明天早上以前，小遊不可以進廚房啦！小遊，剛剛說的取消喔，我們以不除靈為前提談談吧！」

結花，結花。

就算妳被那由的即興發揮打亂了陣腳，講出這種話就沒戲唱了吧？

『別擔心，我不會害你們。小結，你放心等吧。那麼，哥……你就儘管糖分攝取過多，達到致死量去吧。』

那由一邊應付結花，一邊對我撂下有夠拐彎抹角的狠話。

然後嘟一聲——掛斷了電話。

「怎麼辦，小遊……再這樣下去，小遊就可以進廚房了！」

「……呃，除了妖怪，有什麼不能進去的理由嗎？」

「——————！沒……沒有喔！完～全沒有，可是……我覺得不要進去比較好喔～一進去，事情就會鬧得很大～」

這理由是不是太遜了點？

而且都這麼拚命了，卻還一直圍著圍裙。

結花實在太不適合隱瞞事情……反而讓我覺得愈來愈有意思。

既然這樣，那就沒辦法了。

總之——就陪結花扯到她玩夠為止吧。

「……啊，是勇海打電話來。」

結花發現手機有來電，再次切換成擴音模式。

從手機傳來的是女扮男裝Cosplayer小姨子——綿苗勇海說話的聲音。

『呵呵……結花，看來妳遇到困難了呢。結花成了迷途羔羊……妳這個可愛的迷途羔羊，就由我來好好引導吧？』

「好好好。那勇海，再見～」

『等一下啦，結花！如果妳不喜歡這個開場白，我道歉，妳先聽我說！』

……這傢伙是想做什麼啦。

開頭就調戲結花，惹她生氣——今天的勇海也是正常發揮。

「唉……所以，妳到底有什麼事？」

『情形我都聽小那說了。聽說廚房裡有凶惡的妖怪是吧？呵呵，包在我身上。由我來——進行除靈。』

「那由說能除靈的傢伙竟然是妳喔！」

那由那傢伙，把事情丟給最好轉嫁的對象啊。

可是勇海也不是省油的燈。

她平常鬧結花不是鬧假的……只見她饒舌地說個不停：

『我會用我的力量，把盤據在佐方家廚房的妖怪——驅除掉。可是，對手既然如此強大，可能得花上一整天。因此，遊哥，今天請你絕對不要進廚房喔。』

「結花呢？」

『……不用擔心。因為這個妖怪——只會危害遊哥！』

「這種能力有夠限定的妖怪是怎樣啦！」

儘管我覺得這後來追加的設定實在是胡說八道。

但結花開心地說：「對，就是這個！」

總之今天——就順水推舟吧。真是的。

◆

——體察結花想親手做巧克力給我當驚喜的心意。

我對「我們家廚房有一種只會危害我的妖怪」這種破天荒的設定妥協。

結花似乎對此心滿意足，便回到廚房去了。

獨自被留在走廊上的我茫然看著客廳關上的門。

「也好，實際上……知道結花親手做巧克力給我，我也有夠開心的。」

謝謝妳，結花。

我會期待明天的。

我滿懷著對當天的期待，轉身準備回二樓。

——結果……

廚房傳來——結花哼的歌。

「哼哼～～♪這是要給小遊的～～親手做的巧克力～～♪愛情滿滿的巧克力～～♪」

……呃。

妳是真的有想保密吧？

第8話 【2月14日】在學校很不起眼的結花做出一生一次的表白【情人節】

——當我被從窗簾縫隙間照進的陽光照醒。

應該睡在旁邊的結花已經不見蹤影。

結花今天起得好早啊。

我這麼想著，來到走廊上一看……發現結花已經打扮完畢，正從樓梯上來。

「早啊，結花。」

「啊，早啊，小遊！」

雖然結花是打扮成戴眼鏡&綁馬尾的學校款。

在家裡就和在學校不同，沒有古板的感覺——而是笑咪咪地，露出一如往常的笑容。

啊啊。不過最近……結花在學校給人的感覺可能也不是那麼生硬了。

結花以前常被人以為「很凶」、「很冷漠」，但到了最近——嚴格說來比較像是被當成沉默寡言但少根筋。

因為結花漸漸能展現出真實的自己。

她身邊也聚集了愈來愈多的人。

她的這種改變讓我感同身受……替她開心。

「結花，生日快樂。」

「嘻嘻～……謝謝媽媽生下我！讓小遊替我慶祝，總覺得好害羞喔……嘻嘻！」

沒錯──今天是二月十四日。

既是讓社會大眾心靜不下來的情人節。

同時也是結花十七歲的生日。

「一大早就被這樣說，感覺今天一～～整天都會笑得合不攏嘴呢……小遊你真是的。」

「不說比較好嗎？」

「不會。幸福！最喜歡了。謝謝你……喜～～歡你。」

……結花妳喔，不要害我也跟著害羞好嗎？

大清早的，臉頰就發燙得不得了。

「總……總之……等放學回家，我們就照計畫辦生日派對。結花，妳儘管期待吧。」

「嗯！我好期待！……啊，對了，小遊，關於今天啊──」

結花以雀躍的聲調這麼一說……

就往上盯著我看。

「我要先出門了！小遊晚一步再來學校喔。」

「咦？是沒關係……可是為什麼？」

「…………不告訴你。」

結花微微吐出舌頭，得意地一笑。

然後滿臉通紅，心情大好地說：

「我們要讓今天……變成滿滿幸福的一天喔，小遊！」

◆

結花先出門了，所以我決定先消化還沒看的ＲＩＮＥ訊息。

首先——是那由傳來的ＲＩＮＥ。

『吃巧克力ｎｏｗ。』

懶得說話也該有個限度。

搭配訊息傳來的照片可以看到那由和老爸吃著看起來挺高級的巧克力。

不要一大早就搞巧克力恐攻……

還有老爸，不要拿到國二女兒送的巧克力就一臉傻笑，這樣很不穩重。

接著——是勇海傳來的ＲＩＮＥ。

『情人節快樂，遊哥。本來我是想表達平素的感謝，送巧克力給你，可是……不巧我們相距甚遠，所以就請遊哥拿我帥氣的照片——讓心情變甜蜜吧？』

這是什麼怪訊息？

搭配訊息傳來的照片可以看到勇海女伴男裝送秋波的模樣。

嚴格說來，我的心情是變得苦澀啦。

巧克力恐攻固然令人困擾，但這更是已經和情人節一點關係都沒有了。

受不了——我們兩家的兩個妹妹，今天還是那麼自由奔放。

「好了，差不多該出門了。」

我把手機放進口袋，拿起書包。

獨自走在平常走的通學路上。

明明走著和平常一樣的路，今天卻有種踩踏地面都變得輕飄飄的感覺。

……情人節當天，未婚妻比平常早出門。

這大概是那招吧——像是鞋櫃裡放了巧克力，或是桌子抽屜裡放著巧克力這類的驚喜。

吃巧克力now。
人節
達平素
是……
遊哥拿
蜜吧？

…………不妙，這讓我很興奮。

我的心情亢奮到幾乎要當場手舞足蹈起來。

我按捺迫不及待的心情，抵達了學校。

於是——

我來到了鞋櫃。

我——撞見了面有難色的結花。

「——！佐……佐方同學！」

學校版結花睜圓了眼鏡下的眼睛，發出奇怪的聲音。

接著結花把我開著沒關的鞋櫃關上。

狠狠瞪了我一眼。

「……有什麼事？在這種大庭廣眾下，視線上上下下地打量我……原來佐方同學是個心理不正常的變態啊。」

「妳這是什麼莫須有的抹黑啦！一個女學生擅自打開別人的鞋櫃，還鬼鬼祟祟的，明明就可疑多了吧！」

「……不要誤會。我打開這個，不是因為這是佐方同學的鞋櫃。」

結花咬緊了嘴唇。

然後以比平常略低的聲調——說了：

「我只是——錯把這裡當成了垃圾桶！」

「這種誤會也太扯了吧！要是鞋櫃被人放進垃圾，我最先會懷疑是霸凌好嗎！」

……這只是我的猜想——

結花多半是想給我驚喜，但事到臨頭卻緊張起來吧。

不但沒能放進巧克力，還只留下不得了的霸凌發言——結花的情人節作戰ｉｎ鞋櫃，以失敗告終。

接著……改採情人節作戰ｉｎ抽屜。

◆

「呀喝，佐方！你看你看，這是灌注了我的愛的巧克力喔♪」

休息時間的走廊上。

二原同學笑咪咪地靠過來……把一個包裝精美的巧克力交給我。

「謝謝妳，二原同學。」

「沒什麼啦。那你要把這巧克力——當成我吃掉喔。」

「我才不會當成妳……要是分不清楚巧克力跟朋友，這個人就沒救了。」

「喂……喂，二原！我呢……我都沒有嗎！」

阿雅唐突地推開我，大聲嚷嚷。

二原同學看到阿雅這麼拚命的模樣，哈哈大笑起來。

「啊哈哈！倉井你有夠拚命的耶～～好好笑。」

「嘿……嘿嘿，愛笑就儘管笑個夠，無所謂……所以！還請！把巧克力——放到我手上！」

你……不惜這樣也想要巧克力喔？明明就算討到了，也百分之百是人情巧克力。

為了巧克力可以若無其事地丟掉自尊心，阿雅果然好猛啊。

「好好好，別擔心，我當然也有準備你的份。要是只送巧克力給佐方，我不就會沒命嗎？」

二原同學說著，輕輕把一個巧克力放到阿雅手上。

阿雅太激動，流下眼淚，緊緊抱住了這個巧克力……你這樣會把巧克力擠扁啦。

——結束這段鬧劇，回到教室一看。

發現有個少女看著其他方向，把手伸進我的桌子抽屜，摸來摸去。

當然……就是綿苗結花。

「——！佐……佐方同學！你……你怎麼會在這裡？」

「因為這裡是我的座位啊。」

「不……不是……我絕對不是對你的抽屜有興趣喔。」

那還用說？

要是有人對別人的抽屜有興趣，那會很討人厭吧。

「啊，結結。」

「綿苗同學，妳看！我拿到巧克力了！這樣一來我也是現充了！」

說著說著，二原同學和阿雅也回到了教室。

結花看到他們，視線明顯亂飄。

「總……總之，不是這樣！我只是——想在佐方同學的桌上供奉花！」

這在霸凌手法當中都已經屬於相當凶惡的那類了耶。

結花再度丟出不得了的霸凌發言……但她完全方寸大亂，想來已經根本搞不清楚自己在說什麼了。

「那……那麼佐方同學？保重！」

接著結花慌慌張張地從我的桌子前面後退。

——這個時候。

「ＳＴＯＰ！綿苗同學，不要放棄！」

「就是啊！血條還有剩啊！」

在後面觀望的女生們開始為結花加油。

我和結花都嚇了一跳，看向她們。

「妳要把心意傳達給佐方同學吧？不要認輸！」

「就是啊！綿苗同學找我們商量，我們有夠開心耶。我們絕～～對會支持妳到最後！對吧，桃？」

咦……二原同學？

女生們的言行全都太屬於未知數，讓我腦子一團亂——轉頭就要看向二原同學。

這一瞬間。

二原同學從我身後……架住了我。

背上感覺到兩團柔軟的東西擠壓上來。

「等等！二原同學，妳做什麼！在這種大庭廣眾下，胸部！妳的胸部碰到我了！」

「……佐方，不好意思啊。現在我可不太方便陪你聊胸部。」

慢著。

我平常應該也沒在提胸部話題吧？

饒了我吧，別在眾人環視下散播錯誤情報，那真的會讓我的鞋櫃被人放垃圾，桌上被人供奉鮮花。

「我是說現在和平常不一樣，我不是故意用胸部碰你。因為現在的我不是第二夫人桃乃大人——是為了結結而戰的英雄桃乃大人啊。」

二原同學從我背後發出的說話聲調……感覺挺開心的。

班上的女生們似乎也跟她同調，更進一步喊出「加油喔」、「我們支持妳」這樣的呼聲。

……這個狀況到底是怎麼回事？

今天的我，滿腦子只想著可以收到結花親手做的巧克力。

沒想到會演變成這樣的事態——這真是不折不扣的surprise。

「謝……謝謝妳們。我——會努力的。」

就在被二原同學架住的我正前方。

站著戴眼鏡綁馬尾的——學校款結花。

然而，她的表情……並不僵硬。

並不冰冷。

她紅著臉——有著柔和的表情。

「佐方同學，你嚇了一跳吧？桃桃，還有其他同學，這樣為我加油。大家並不是在取笑我，或是騷擾我……是因為我找大家商量過，然後，大家都——支持我。」

「商量？……妳跟她們商量了什麼？」

「……………商量在情人節對心上人表白心意的方法。」

聽見這句令我意想不到話，我的腦子跟不上狀況。

結花對這樣的我微笑——繼續說：

「我……以前不曾喜歡過人，不知道情人節要怎麼辦。所以，我鼓起勇氣……找桃桃還有大家商量。結果，大家人都很好，告訴了我各種事情——像是親手做巧克力，對方會更開心，又或者是把巧克力放在鞋櫃或桌子抽屜裡，可能會讓對方更心動。」

——把巧克力放在鞋櫃或抽屜裡，未必就是正確答案。

想必也有人喜歡不是親手做的巧克力。

從這個角度來看，這……也許就只是平平無奇的一個戀愛話題。

然而——對綿苗結花而言……

能和大家分享這平平無奇的事情，這件事本身……我想就是非常大的一步了。

「……綿苗同學，妳很厲害嘛。既然這樣，遊一——你也得做出覺悟啊。」

阿雅就近旁觀，這時說話鼓勵我。

「囉唆……不用你說我也知道。」

我嘴上冷漠地這麼回答。

但就像這些女生這樣支持結花。

你也是不管什麼時候——都在推我一把啊。

謝啦，阿雅。

——綿苗結花。

國中時代被同班同學霸凌，有很長一段時間……抗拒上學。

雖然上了高中，環境有所改變，但曾經害怕和別人溝通，不是這麼容易就能順利。

她就這樣幾乎一個朋友都交不到……過到今天。

——佐方遊一。

國三那年冬天被來夢甩掉的消息傳遍全班，這件事造成的傷害……讓他有一陣子抗拒上學。

在這之前，又因為父母離異，讓他開始認為和三次元女生談戀愛盡是些互相傷害的情形。

他就這樣避免去愛人……過著日子。

然而——現在。

班上譁然以及情緒沸騰的情形……和國三那年冬天的班上，明顯不一樣。

無論是從大家身上傳來的溫度，還是聽到的話語當中所蘊含的體貼。

都和那個時候完全不一樣。

真的會覺得——這就是一種體貼而溫暖的氣氛。

「……結結，還有佐方，拿出勇氣，你們一路以來不是一直有夠努力的嗎？」

二原同學從我身上放開手。

「所以，已經……沒事了，不會變成像國中那時候一樣。」

回頭一看——二原同學臉上早已露出沒有一絲陰霾的笑容。

所以我也對二原同學回以笑容。

「是啊……我也覺得三次元也不是那麼差。」

我對結花踏出了一步。

結花也朝我踏出了一步。

兩人相互凝視，感覺得到心臟在跳動。

就這樣，停頓了一會後。

結花笑咪咪地——朝我遞出包裝好的親手做的巧克力。

「佐方同學，這是我這輩子第一次做的巧克力……請你收下。」

——雖然我和結花是未婚夫妻。

我心想，如果我們兩人走得近這件事被大家知道，就會被取笑或是被霸凌。

我們在學校一直極力保持距離。

然而，像這樣……結花在班上正大光明地送巧克力給我。

這個班上還是很溫暖。

我感受到國三班上那令人難受的記憶——漸漸消融。

接著我想到……結花想必也有一樣的感受。

結花其實是聲優，或是我和結花訂了婚等等。

我們還有很多事沒跟班上同學透露。

而且如果問我要不要透露這麼多，其實也很難說。

但這個情人節讓我們得以發現……原來世界比我們所想的更體貼。

第9話 【2月14日】我的未婚妻結花誕生到這世上【生日】

「欸欸，小遊！拿到親手做的巧克力，你覺得怎麼樣？有嚇一跳嗎？」

情人節這天，結花得到朋友們的鼓勵，在眾人照看著的教室裡把親手做的巧克力交給我。

我是覺得這怎麼看都只能說是公開表白……但結花似乎很想聽感想，眼鏡底下的雙眼閃閃發光。

我走在回家路上，老實地說出想法。

「那當然會嚇一跳啊。畢竟我萬萬沒想到妳竟然找了班上女生商量。」

「咦！是在講這個？沒想到結花竟然親手做巧克力！……這類的嚇一跳呢！」

「咦！是在講這個？怎麼可能講這個！結花，妳該不會以為用那個廚房鬧鬼事件就瞞得過去吧？」

「……哼～～原來穿幫了嗎……」

結花不服氣地鼓起臉頰。

妳也太強人所難了。

「算了算了，結結，沒關係啦。光是結結在教室裡送出巧克力就讓佐方嚇翻，整個人手忙腳亂的。這夠驚喜了啦！」

——二原同學以輕浮的口氣說出這幾句話。

她走在結花身旁，露齒一笑。

「……我從剛剛就一直想不通，為什麼二原同學會跟來？妳家不是在這個方向吧？」

我問出了當然會有的疑問。

我和結花放學一起回家時，先各自回家……途中沒有旁人經過再會合才是我們一貫的作風。

我們今天也不例外，先分頭再會合。

但莫名地……二原同學也和結花一起來了。

「啊，你是那種因為有我在就不能和結結親熱的欲求不滿型？不用在意我喔，你們再怎麼恩愛又親熱，我都ＯＫ的！」

「我沒那麼想好嗎！不要把別人說得像是慾望的結晶——」

「——謝……謝謝妳，桃桃！嘿，我抱～～！」

我正要否定二原同學離譜的發言。

結花就笑咪咪地抱住我的手臂。

……原來慾望的結晶就在這裡啊。

「啊哈哈！結結果然有夠可愛！結結這種無邪又純真的地方……我很喜歡。」

「……咦？桃桃，妳怎麼啦？」

結花似乎覺得二原同學不對勁，便從我身上離開，轉身面向身後的二原同學。

「……抱歉，你們接下來要一家人一起開生日派對吧？我馬上就回去，可是……有一件事，我說什麼……也想跟結結說清楚。」

「嗯。是什麼事啊，桃桃？」

結花看著欲言又止的二原同學，平靜地露出笑容。

二原同學也像要回應這樣的結花……露出了微笑。

「——生日快樂，結結。我啊，說話給人輕浮的感覺，可能會讓人感受不太到誠意，可是……上了高二，能和結結要好，我——真的每天都過得好開心。」

「我也一樣啊。能和桃桃要好，我好開心。我好喜歡妳喔，桃桃。」

「……好害羞喔，結結。不妙，我好像快哭了……啊～～真是的！結結，我好喜歡妳！如果我是男生，絕對不會把妳讓給佐方！」

「二原同學，妳為什麼突然對我燃燒起對抗意識啦。」

在這麼一番和樂融融的對話後。

二原同學從書包裡拿出像是親手做的巧克力。

她遞給結花——並且難為情地笑了。

「我也發了友情巧克力給大家，可是只有結結……我要送這個桃乃大人特製手做巧克力！友情巧克力不是送給朋友的嗎？可是我對結結，不只是當朋友……那個……是當成好朋友！」

◆

「嘻嘻～～……小遊你看你看！這不是友情巧克力！是好朋友巧克力耶！感覺好好吃～～可是太可惜了，會捨不得吃～～嗚喵～～」

我在設定ＺＵＵＭ。

一旁的結花拿著二原同學親手做的巧克力，歡天喜地。

看著結花幸福的模樣，連我都會跟著高興起來。

真的很謝謝妳，二原同學。

『……為什麼小結貓化了？原來小結是升上十七級就會進化成結喵的種族嗎？』

那是什麼種族啦？

這傢伙是把結花當成怪物還是妖怪嗎？

隨口開著玩笑，出現在ＺＵＵＭ畫面上的……是我的家人。

毒舌妹妹那由，以及隨時都在胡鬧的老爸。

「啊，公……公公！好久不見！今天謝謝您特地參加！」

『哪裡哪裡。是我們家寶貝媳婦的生日，當然想好好慶祝吧？遠距參加，實在過意不去。』

『而且小結，對這個騙徒不用這麼畢恭畢敬啦。我說真的。』

「那由，說這個奸貉老爸是騙徒也太失禮了吧。他是奸貉老爸啊。」

『……呃，親生兒子和女兒對我是不是太冷漠了點？』

呈現完佐方家人情冷暖的日常，綿苗家也連上了ＺＵＵＭ。

顯示在畫面上的是綿苗家的客廳。

那兒有著身穿執事服，一如往常的男裝勇海。

以及身穿和服，端莊賢淑的岳母。

『各位，我們來遲了。對不起，家父也很想參加……但他工作上還是排不出時間。』

「這樣啊……爸爸還是一樣那麼忙。」

『「生日快樂，期盼妳迎來好的一年」——爸爸要我幫忙轉達這句話給妳，還說也要我幫忙向遊一先生問好。』

「謝……謝謝岳母。也請幫我向岳父問安。」

——差不多就像這樣。

儘管是以遠距方式進行，佐方家與綿苗家會面……一起為結花辦生日派對。

「生日快樂，結花。」

「嘻嘻～～……謝謝你。我滿十七歲了！」

『……結花，妳才十七歲，還未成年喔，不可以做太過火喔！』

「是要做什麼啦！雖然我也搞不懂，但大概不會做啦！」

『媽、媽，妳先冷靜點。親家公也在，這樣很失禮。』

『啊哈哈，我不會放在心上，而且我也不覺得遊一有那個膽子。對吧，遊一？通往大人的階梯，你一階都還沒爬吧？』

「了解。結花的生日，就是我和老爸斷絕父子關係的紀念日吧！」

『好好笑。名字明明叫「第一玩咖」，卻沒那個膽。』

「誰是『第一玩咖』啦！妳動不動就這樣……算了，也沒關係啦。我對那由已經很了解了。雖然平常說話很傲，一戴上假髮就會變得很嬌——我知道妳就是這樣一個傲嬌妹妹！」

『啥……啥啊！誰傲嬌了啊！我的傲純得跟海膽的表皮差不多！』

佐方家＆綿苗家一如往常，各說各話。

結花與勇海拚命想阻止岳母失控。

我和那由展開無意義的舌戰。

『你在得意忘形什麼啦？有夠氣人。我從以前就說，我對哥是壓倒性勝利好嗎？在名字對戰上。』

「出現了，名字對戰……妳從小只要吵架就會說這個啊。不就是說因為我名字裡的數字是『一』，妳是『那由他』，所以數字大的妳獲勝嗎？這種勝敗一點意義都沒有啦。」

『才不會沒意義。億、兆、京、垓這樣一路愈來愈多，然後是那由他、不可思議、無量大數……看，我是哥的十的六十次方強。』

誰理妳。

說十的六十次方，我也會意不過來。

我們正說著這種從小就是兄妹吵架必考題的話題…………

『……我是！魔法少女，結花！唰唰～～砰～～邪惡的怪人，勇海海！吃我這招～～結花閃光～～！咻啪咻啪～～』

『姊姊！勇海也想當魔法少女！嗚嗚～～人家不要再被咻啪咻啪了～～！』

「呀啊啊啊啊啊啊啊啊啊啊啊啊啊！」

『哇啊啊啊啊啊啊啊啊啊啊啊啊啊！』

綿苗家的ＺＵＵＭ畫面傳來兩名小女孩的喊聲。

結花與勇海兩姊妹隨即很有默契地——大聲吼叫。

「媽，妳在播什麼啦！不要這樣，真是的！這樣多讓人害羞啊～～～～！」

『呵呵……嚇一跳了嗎？是結花和勇海小時候的影片。我想讓已經長得亭亭玉立的妳們看到自己也有過這樣的時候……所以準備了影片來當驚喜。』

岳母對兩人的呼喊全不介意，臉上笑咪咪的。

結花對驚喜的堅持是跟岳母學的啊……

『這不是驚喜，是恐怖攻擊啊！媽，馬上燒掉！或是只把我的部分銷毀，然後把結花的部分給我！』

「為什麼啦！勇海妳掌握我的黑歷史，是想圖謀什麼壞事～～！」

『結花妳把我當什麼了！我只是想到如果拿迷你結花天真無邪的聲音當搖籃曲……說不定就可以夢到妳，就只是這樣啊。呵呵……唰唰～～咻啪咻啪～～』

「啊！妳看妳又這樣！妳在嘲笑我對吧！妳絕～～對是在嘲笑！我生氣了，勇海！」

綿苗姊妹沒營養的爭論，比起我和那由是有過之而無不及。

果然不管是哪個家，兄弟姊妹的爭吵都是傻里傻氣。

——不過也就是這樣……

生日派對弄得徒有其名，實際上還是一如往常地吵吵鬧鬧。

『結花小姐，我要鄭重地祝妳生日快樂。哎呀，我兒子這麼靠不住，實在過意不去，不過……遊一要長長久久託付給妳了。』

『結花，生日快樂……就算我們離得再遠，媽媽和爸爸還是一直都很寶貝妳的。千萬要注意身體喔。』

『小結，生日快樂，真的。呃……我還會再去玩。如果哥做了什麼蠢事，我絕對會對他處以極刑。所以，以後——妳也要繼續當我的好大嫂喔。』

『結花，生日快樂。有遊哥在，我想一定不要緊……不過如果遇到什麼困難，隨時都可以跟我說。因為不管什麼時候，我都會站在妳這邊。妳要和遊哥一起度過幸福的一年喔——姊姊。』

結花最後聽著大家道賀時……笑得非常開心。所以——

「呃……謝謝大家！今天實在是有夠幸福的一天，所以——明天開始我也會卯足全力，開心地努力！」

我認為今天真的——成了一場很棒的生日派對。

◆

無論是風波不斷的情人節還是結花那場熱鬧滾滾的生日派對，都已經結束，我們正陶醉在餘韻中。

我和結花回到房間，鋪好棉被。

「嘻嘻，今天有很多事都要謝謝你喔，小遊！今天是我的二月十四日史上最開心的一天！」

結花用鴨子坐姿坐在鋪好的棉被上，左右搖動身體，開心地說了。

一頭輕柔飄逸的黑髮也跟著輕飄飄地搖動。

淡淡的柑橘類香氣。

在這樣的情勢下，我——轉身背向結花。

「……咦？小遊，你在做什麼～～？」

看來我的舉動似乎讓她不開心。

結花從我身後頗為不滿地問了。

然而，我特意忽視這樣的結花……走向書桌，拉開抽屜。

「小遊～～等一下啦～～今天是我生日耶～～請你多陪陪過生日的孩子～～唔～～」

結花拿生日當擋箭牌，撒起嬌來格外強勢。

我覺得這有夠可愛的未婚妻好惹人憐愛——

——並且在結花正面單膝跪地。

遞出了粉紅色的戒指盒。

「……咦？奇……奇怪……咦？咦？這……這個……咦？」

「……驚喜禮物。嚇了一跳嗎？」

結花似乎太震驚，完全說不出話來，只是不斷點頭。

看到結花這樣，我不由得笑出來……然後慢慢打開戒指盒。

收在戒指座上的是一只發出銀色光輝的戒指。

「我請二原同學給建議那時候，事情弄得一團亂……所以我自己想了想。然後，畢竟我們都訂婚了……我就想到，送戒指如何？雖然高價的戒指，我是完全買不起就是了。」

「………」

「……呃，如果不想要，妳可以拒絕喔。買了才說是不太好，但我後來也想到……作為十七歲的禮物，不免有點太沉重了……」

「……笨蛋。想也知道……我有多開心……」

眼淚從結花的眼眶滴落。

她就這樣用雙手遮住臉，不斷啜泣。

「……再也沒有這麼開心的生日了啦。小遊……我好喜歡你。喜歡……開心……」

之後，過了好一會。

結花放下雙手——任由眼淚沾濕臉頰，笑咪咪地說：

「謝謝你，小遊。欸，我想要小遊幫我戴上……我跟小遊的訂婚戒指。」

「唔、嗯……」

我的手放上結花伸出的右手。

把銀色的戒指套上她纖細的無名指。

「…………今天的事情，我想我一輩子都不會忘記。雖然以後多半還會有更多開心的事情，但是——我絕對不會忘記。」

結花一邊這麼說，一邊心愛地看著自己右手的無名指。她這種模樣……

真的——有夠可愛。

——生日快樂，結花。

謝謝妳誕生到這世上。

我一定也……不會忘了今天的事。

第10話　世界意外地體貼，讓我想試著再多相信一些

情人節&結花的生日當晚過去。

我按照一如往常的流程，吃完早餐，收拾好東西。

和同樣做好準備，綁馬尾&戴眼鏡的學校款結花……

在客廳的沙發上——展開小小的爭執。

「結花……再怎麼說都不妥啦，一直這樣的話。」

「不要！人家就想戴啊。想要一～～直都這樣～～！」

「不行啦……我說啊，我們是要去上學耶。去上學不能一直這樣吧？來，等回家以後再來不就好了？」

「不～～要～～人家想一直這樣～～不想拔走。嗚嗚～～小遊好壞心～～！」

「就算妳假哭，不行就是不～～行。好了，我要拔了喔。」

「嗚喵，不要啦……欸，不要拔出來嘛……人家想一直和小遊連在一起。所以……好不好？

小遊，不要拔走。」

——呃。

我們是在說戒指，沒錯吧。

鬧彆扭，假哭，還用眼淚攻勢。

結花用奇怪的方式抗拒，讓我腦袋滿是ｂｕｇ，身體硬是有點癢耶。

「就說了，結花……戴著戒指上學不行啦。等回到家再戴上就好了——來，我要從妳手指上拔下來了。」

「喵啊啊啊啊！小遊！要從我手上！拔走戒指～～！不要拔，不要拔～～！這是我和小遊……寶貴的愛的聯繫～～！」

我按住大吵大鬧的結花，強行拔下戒指。

然後將戒指收進粉紅色的戒指盒。

至於結花……她以滿心怨懟的表情看著我。

「……這下都拔掉了啦。小遊從這裡消失了……」

「呃……妳是從剛剛就一直故意在挑逗我，還是說，就只是個傻瓜？」

「什麼叫作傻瓜！戒指被拔走，還要被罵……昨天的小遊明明那麼體貼。原來小遊是在玩弄

我吧～～！」

一直這樣遣詞用字是怎麼回事？

畢竟是結花啊……會覺得她只是說話不經大腦。

也會覺得其實是用看漫畫還是哪裡學來的知識，故意捉弄我。

不過無所謂——畢竟這次她是少根筋還是小惡魔並不重要。

「……我說啊，結花，昨天妳在同班同學面前送了情人節巧克力給我，對吧？」

「……小遊該不會在生氣？因為我在大家面前做了很引人矚目的事情。」

「不會。這我完全不放在心上。」

面對露出些許不安表情的結花……

我盡量用平靜的口氣說：

「的確在這之前，我們兩個很要好的事……我們都一直保密，為了避免旁人取笑我們。可是——看到昨天班上的情形，我就覺得大家意外地人很好。」

——國三那年冬天，我嚐到了冷得要結冰的氣氛是什麼滋味。

無論是三次元的戀愛……還是和別人說祕密，我都一直設法避免。

但由於世界比我想像中更體貼。

讓我覺得——也許可以多相信周遭一點。

「所以啊，以後……例如在教室說話，或是一起吃飯之類，怎麼說呢——一般高中男女生會做的事情……就不用再偷偷摸摸了。」

「咦，真的嗎！可以像找桃桃和倉井同學那樣，下課時間就找小遊說話嗎！看著小遊的臉吃飯也可以？這……這種快樂得像是在天堂的事，真的可以嗎！」

「——只是……」

我制止聽到我的提議後興奮不已的結花。

極力冷靜地說道：

「連婚約和我們同居的事都揭露，門檻就未免太高了吧？所以……戒指不能戴。如果不能遵守這一點，風險就會太高——剛剛那些就全都不行。」

「嗚嗚……小遊也太老謀深算了……被這樣一講，除了答應以外還能說什麼？」

結花這樣嘀咕了一會後。

恢復一如往常的笑容，說道：

「我明白了～我在學校會好好守分寸～～所以～～……原諒我好嗎？小遊～～……啾！」

——呃，可以不要這樣出其不意地飛吻嗎？

總覺得最近的結花……果然是小惡魔壓過了傻氣。

◆

午休時間。

我一如往常和阿雅把桌子併在一起，正準備吃午飯。

「我說啊，遊一，你覺得這次誰會當選『頂尖愛麗絲』？」

哪怕是情人節翌日，阿雅還是正常發揮。

阿雅提起的是即將在幾天後發表，對我和他而言的青春——第二屆「八個愛麗絲」的話題。

「我啊，還是相信……蘭夢大人會榮登頂點。因為她這些日子以來，比誰都更加嚴以律己地努力，這些我都看在眼裡，希望她的努力開花結果……嘿嘿。雖然也許青澀了點，但我就是會這樣想……」

「嗯，你的心情我懂。只是，你那裝模作樣的態度讓我看不順眼。」

「為什麼啦！談談我對心愛的蘭夢大人的心意，營造一下氣氛，有什麼關係嘛！」

我們聊著這些不知該說是不值一提還是沒營養的話題，聊得正起勁。

——就看到以小跑步的勢頭湊過來的……

綿苗結花。

「咦？綿苗同學，怎麼了？」

阿雅睜大眼睛，對結花問起。

然而，結花完全不當一回事，直視著我。

她露出滿面笑容——說道：

「佐方同學，我們一起吃午飯吧～」

「噗！」

好險……我差點把嘴裡的茶噴出去。

咦，什麼？剛剛，戴眼鏡的結花——是不是像在家裡那樣找我說話？

「啊，佐方同學，你還好嗎？要不要我幫你拍拍背？」

「不必，不用了！真的不用！」

「綿苗同學，妳是怎麼啦？和妳平常在學校給人的感覺好像不太一樣？」

「——沒有啊。」

結花朝阿雅瞥了一眼。

一如往常的古板綿苗結花，淡淡地這麼回應。

然後轉頭面向我。

「嘻嘻。佐方同學，好想一起吃午飯喔～～不可以嗎？」

「很可怕好嗎！妳對我和對阿雅，會跑出不同人格嗎！」

「才……才不是……是一個人可以提供雙重享受的綿苗同學喔。」

「……咦？這話怎麼說？」

「有一個綿苗結花，就可以欣賞到各式各樣不同類型的綿苗結花。怎麼樣～～很划算吧～～？——就是這麼回事。」

她到底在說什麼啊……

和在家那個天真愛撒嬌的結花又不一樣。

但和古板沉默的綿苗同學也不一樣。

當然，也不是聲優和泉結奈那種感覺。

——一般高中男女生會做的事情，就不用再偷偷摸摸了。

沒錯。

現在的綿苗結花，想必……就是在我這句話的觸發下誕生的。

也就是所謂的——複合型結花。

「啊，對了。我可以餵你吃便當嗎？」

「——！咳、咳……」

「哇，你還好嗎？要不要枕在我腿上？」

停。停啊，結花。

以往在學校的結花戴著眼鏡……是古板的冰山美人。

這樣的眼鏡結花突然變得表情豐富，用很黏人的方式進逼。

落差之大——難保不會讓我心臟驟停。

「等一下等一下！佐方同學，你過來！」

「——咕噁！」

就在這個時間點。

有人猛力抓住我的手臂一拉……把我帶去比較遠的座位上。

「佐方同學……你從剛剛就在磨蹭什麼？」

我戰戰兢兢地抬起頭一看——發現不知不覺間……

我被幾名班上的女生圍住了。

這是什麼？是新時代的地獄？

「綿苗同學那麼努力在進攻！為什麼佐方同學什麼反應都不做！」

「咦，反應？妳們在說什麼？我正在被勒索嗎？」

「才沒有！而且佐方同學你啊，昨天那個巧克力，你的回答呢！」

「慢著慢著～～！我說大家，妳們的心情我能體會，不過佐方腦子一團亂，大家先冷靜下來吧。」

就在這叫作高中女生地獄的新款黃泉之國。

一名很陽光的英雄果敢地挺身而出。

她的名字叫二原桃乃。

處在這種混沌的狀況下，她就是最靠得住的朋友。

「多虧妳救了我，二原同學……現在是什麼狀況啊？」

「哎～～說來簡單，昨天結結不是送了親手做的巧克力給你嗎？在情人節送出親手做的巧克力……照常理想，這有什麼樣的含意？」

「咦……像是，真心巧克力？」

「就是這麼回事。然後，今天的結結不就只對你用不一樣的態度嗎？這——就表示她有夠喜歡你吧？」

「……說來是這樣吧。」

我漸漸隱約搞懂是怎麼回事了。

也就是說，這群女生會這麼起勁……是因為有著這樣的認知吧。

・結花昨天送出真心巧克力，對我表白。

・結花今天用不同於往常的態度對我進攻。

・那麼……我做何回答？

「大家都很支持結結。雖然有～～點太起勁，可能會讓人受不了啦——大家漸漸明白古板又不好親近的結結為人其實是什麼樣子。所以作為『朋友』，作為『夥伴』……非常支持她。」

二原同學說完，俐落地朝我眨了一隻眼睛。

還用力豎起大拇指。

「那麼佐方——接下來才是重頭戲喔。用什麼形式就交給你決定，可是……你要好好回應結結愛的表白喔！」

——說著說著……

結花似乎不耐煩了，朝我們這邊走來。

「佐方同學……你為什麼過去那邊？是不想跟我吃飯嗎？」

「哇啊啊啊啊！對不起，綿苗同學！佐方同學，可以了！你趕快回去！」

「去吧，佐方同學！要快得電光石火！」

結花寂寞似的一句話讓女生們慌了手腳，急忙把我推到結花面前。

「啊，回來了。」

結花這麼說完就瞇起眼鏡下的眼睛。

然後像太陽一樣燦爛地——笑了。

——結花以前待在看不見的玻璃牆裡。

擔心會不會被旁人討厭，會不會被疏遠。

我想……是以往受傷的經驗，讓她下意識地就是會去想這些事情。

然而結花想改變這樣的自己，她期盼能和大家更要好。

她打破玻璃——衝向大家身邊。

而她衝出去之後去到的世界比意料中更體貼。

所以結花才能像這樣……和大家一起開心地笑。

所以，想必——接下來，輪到我了。

雖然實在不想說到我們是未婚夫妻或同居這一步。

但我對周遭的人們——得多一點信任啊。

「……之前我隱瞞沒說，其實我和綿苗同學——從滿久以前就在交往了。」

我毅然爆料的瞬間。

眾人發出幾乎讓人懷疑教室都要變成兩半的驚嘆聲。

然而這些聲音不像是在取笑。

像是「早說嘛，綿苗同學～～！」「雖然晚了，還是恭喜你們！」又或是「佐方同學，你挺行的嘛！」……都是很溫暖的話語。

「咦……咦？小遊？這可以說嗎！」

結花大概沒料到我會做出這樣的行動，顯得慌慌張張。

看到結花這種模樣，女生們和樂融融地笑了。

「我擅自說出來，對不起喔……結花。」

「啊嗚嗚嗚……是……是沒關係啦。就是覺得，好害羞……」

接著結花——將歪掉的眼鏡扶正。

一張臉紅得像蘋果……開口說了：

「……是。我和佐方遊一同學在交往，大家，呃……以後也請多多關照。」

第11話 關於第二屆「八個愛麗絲」讓我太好奇，晚上都睡不著覺這件事

『就快發表結果了……我認為妳也充分有著入選「八個愛麗絲」的可能性，結奈。』

「是……是嗎……？我自己是不太有自信……」

『自信這種東西，不是等它自己冒出來，是要自己親手建立的。而這樣建立起來的自信——會提升表現，帶來好成績，產生更多自信。不是這樣嗎？』

——在星期六的客廳裡。

結花把手機放在桌上，設定成擴音模式……以跪坐姿勢聽著紫之宮蘭夢說話。

紫之宮蘭夢還是一樣，有夠嚴以律己。

不愧是「第一屆　八個愛麗絲投票」中獲選為「第六個愛麗絲」的實力派聲優。

我正想著這樣的念頭，紫之宮蘭夢……輕輕呼出一口氣。

『總之……我認為妳會入選「八個愛麗絲」。所以，話先說在前面——我很期待在發表會上和妳同台演出。』

「好……好的！我會祈禱能夠如願……等到能同台演出，我會全力和師姊一起賣力表演！」

第11話
關於第二屆「八個愛麗絲」讓我太好奇，晚上都睡不著覺這件事

這樣講完電話後。

結花「呼喵……」一聲，滾倒在地毯上。

「小遊～～……你怎麼看？覺得結奈會入選『八個愛麗絲』嗎？」

「會啊，一定會入選的。因為不管是結奈……還是和泉結奈，這些日子以來都好努力。」

我回答得沒有一絲迷惘。

因為她問我的問題實在太理所當然。

「……啊哈哈，不要一臉這麼得意的表情啦。害人家都不好意思了。」

結花這麼說完，笑了笑。

把右手朝天舉起——看著無名指上閃閃發光的戒指。

「說得也是，一定會有好結果。因為我——有『談戀愛的死神』先生陪著！」

——有個由天神創造的偉大社群遊戲。

名稱就叫《Love Idol Dream! Alice Stage☆》，通稱《愛站》。

想忘也忘不了的國三那年冬天。

這款剛上市的遊戲拯救了我因為來夢那件事而殘破不堪的心靈。

將近一百名「愛麗絲偶像」都配了全程語音。

定期舉辦活動；聲優輪流擔任網路廣播節目的主持人；頻繁由聲優進行直播。

總之——各種能讓玩家滿足的企劃琳瑯滿目。

還發表由數位「愛麗絲偶像」組成的團體，「飄搖★革命　with　油」也是其中之一。

而且根據前幾天的發表——將舉辦「新愛麗絲偶像選秀會☆」，追加新的「愛麗絲偶像」。

《愛站》的世界愈來愈大。

啊啊，能遇到《愛站》……真的是太好了。

這樣的《愛站》——也有所謂的人氣投票。

人氣投票以前是以「神十一投票」這個名稱舉辦。

從上一屆起，制度經過大幅更新，變成了「八個愛麗絲投票」。

在「第一屆　八個愛麗絲投票」中榮登第六名——「第六個愛麗絲」的，就是由紫之宮蘭夢配音的蘭夢。

附帶一提，當時出流是第十八名。

結奈是第三十九名。

……不過不管結奈排在第幾名，我都無所謂。

因為管他官方排名如何，在我心中——結奈永遠都是全宇宙第一名。

——然而，和泉結奈……

也就是結花，這些日子以來有多努力，我就在最近的地方看著。

所以我無法不期盼——她的努力能夠開花結果，在「第二屆　八個愛麗絲投票」中得到好成績。

◆

「唔喔喔喔喔！終於就要發表啦，第二屆『八個愛麗絲』啊～～～～～～！」

「喂……倉井，你很吵！我差點以為耳膜要被震破了！」

阿雅放聲大吼，二原同學就往他的側腹一肘頂過去。

昨天我和他們兩個約好，要一起在我家看結果發表。

另外，電腦螢幕上——還有兩個人。

『真是的，安靜點啦，我說真的。』

『小那是不是不太喜歡吵的男性？呵呵……那妳可以當我的小貓咪喔。』

『囉唆，勇海。小心我一個貓拳揍在妳臉上。』

我的妹妹佐方那由，以及結花的妹妹綿苗勇海。

這兩個吵鬧的妹妹——對第二屆「八個愛麗絲」的結果好奇得不得了。

「說到這個……這個女生，就是校慶時和小那在一起的穿執事服的女生吧？我可萬萬沒想到她竟然是綿苗同學的妹妹。」

「咦？倉井和勇海沒見過面嗎？」

『就是啊，桃乃姊。我鄭重自我介紹——還請多多指教，我是結花的妹妹綿苗勇海。暗雅哥，你的大名我耳聞已久。』

「——呃，不要叫我暗雅！『倉井』和『陰暗』同音，我不喜歡這個綽號！喂，遊一！你為什麼把這種奇怪的綽號告訴綿苗同學的妹妹啦！」

「我才沒有！我平常就沒叫你暗雅吧！」

「我也一樣～～」

「我……我也是！我一次都不曾跟勇海提過倉井同學！」

總覺得結花的話也有點說話不經大腦的過分。

但先不說這個，嫌犯只有一個啊。

『……我？咦？我說過嗎？』

『嗯。我就是聽小那說的喔，說他名字叫作暗雅。』

沒有自覺。沒有自覺的犯案，才是最不妙的吧。

不過這種事不重要。儘管阿雅還顯得不滿……

——時間到了。

我戰戰兢兢地重新載入網際網路瀏覽器。

結果《愛站》的官方網站上——顯示了第二屆「八個愛麗絲」的結果發表影片。

「……好，那……我要播放嘍？」

我吞了吞口水。

那由和勇海也透過ＺＵＵＭ共享畫面。

我對這決定命運的影片——按了播放鍵。

——第二屆「八個愛麗絲」結果發表！

雄壯的背影音樂聲中，刺激人們期待的字串以大大的字體顯示在畫面上。

我感覺到心臟的跳動也自然而然加快。

「……神啊，真的，拜託啦……」

二原同學祈禱似的喃喃自語。

——畫面忽然變成全黑。

「唔喔喔喔喔喔！終於要來了，要來啦～遊一～～～！」

『吵死了，暗雅！會聽不見，給我安靜！』

『……小那，妳冷靜點。聲音應該沒關係。』

阿雅心浮氣躁地大聲嚷嚷。

兩個妹妹也吵吵鬧鬧。

就在這熱鬧的氣氛中——畫面上大大顯示出一串文字。

——「第八個愛麗絲」。

「…………！」

結花反射性地閉上眼睛。

我用力握住結花的右手。

說出——我由衷的心意。

「沒問題，有我陪著。『談戀愛的死神』——一直看著和泉結奈的努力。所以，絕對……沒問題的。」

——啪的一聲。

畫面再度變成全黑。

接著顯示在畫面上的是——

第八個愛麗絲　結奈（CV：和泉結奈）

「…………啊。」

「……不會吧？是……是我……？」

我們沒能立刻理解狀況，不由得發呆。

下一瞬間——佐方家的客廳籠罩在歡呼聲中。

『真的假的！好厲害！小結被選上了，勇海！』

『……嗯。太好了……結花，妳好厲害……』

「——結奈終於也站上『八個愛麗絲』的舞台了嗎？不妙，電視劇的劇情也不過就是如此吧……就是因為這樣，我才會戒不掉《愛站》啊。」

三人各自說出自己的感想。

二原同學真的大哭，獨自大聲啜泣。

溫暖的氣氛，洋溢著喜悅的空間。

結奈以往走過的軌跡，在我腦海中有如走馬燈轉過。

——「神十一投票」那時候，她的名次從排行榜底下開始數比較快。

記得當時也幾乎沒有她的周邊。所以我甚至用從網路上找來的圖檔，自己做了周邊。

——「第一屆　八個愛麗絲投票」，是第三十九名。

這已經是相當努力的結果，但這個位置離高人氣還很遙遠。

——這種時候，她就在《愛廣》爆紅了。

記得她當時是以「弟弟」這個太危險的話題在網路上大受歡迎，和紫之宮蘭夢搭檔也開始受到矚目。

——於是她們組成了團體「飄搖★革命」。

太嚴以律己的紫之宮蘭夢與少根筋的和泉結奈，這對拍檔看似南轅北轍，卻又很協調。在店鋪演唱會也聚集了相當多的粉絲。

在「新愛麗絲偶像選秀會☆」上，目前只有設定但尚未上線的妹妹奈奈美也確定將參戰。

團體還擴編成「飄搖★革命　with　油」，有了更進一步的發展。

不到一年的時間裡，真的發生了很多事情。

說是飛躍的一年也不為過。

我覺得就是這樣的和泉結奈——也就是結花所做的努力開花結果。

——才有了這「第八個愛麗絲」的稱號。

「唔喔喔喔喔喔喔喔喔！蘭夢大人，好猛啊～～～～～～～！」

阿雅就像要把我從走馬燈拉回來似的，大聲嘶吼起來。

我驚覺地回過神，視線移到電腦螢幕上。

第二個愛麗絲　蘭夢（ＣＶ：紫之宮蘭夢）

「真的假的……好厲害啊，蘭夢。」

這不得了的大躍進，讓我不由得發出感嘆的聲音。

和泉結奈也拿到了相當好的成績，但紫之宮蘭夢輕而易舉就超越過去。

而最後，第一名——「頂尖愛麗絲」發表過後，影片就結束了。

關掉影片後，官方網站上公開了從第一到第五十名的名單。

「……喔，出流第十名嗎？好可惜，虧她排名前進了。」

「咿～～……排名竟然比掘田姊高，太惶恐了……」

結花猛力揮動雙手，為難地皺起眉頭。

一下子開心，一下子為難，情緒起起伏伏，也真夠忙的。

——叮鈴鈴鈴鈴鈴♪

我放在桌上的手機鈴聲突然響起。

「誰啦，這種時候打什麼電話……嗯？鉢川小姐？」

我先設定成擴音模式，然後才接了電話。

『啊，喂～～！遊一，結奈在嗎！那孩子，我打好幾通電話都沒接！』

鉢川小姐開口就搶著說了好幾句話。

聽到鉢川小姐這麼說，結花「哎呀……」一聲，手按額頭。

「對不起，久留實姊。我只顧著看結果發表，沒留意到鈴聲——」

『這種事不重要！不說這個了，結果妳看了吧！結奈，妳入選了！妳……成了「第八個愛麗絲」啊！』

鉢川小姐先興奮地說到這裡。

——開始語帶嗚咽。

『恭喜妳……妳努力到今天，真的是太好了……很開心吧，結奈……』

「久留實姊……謝謝妳。我認為多虧久留實姊一直支持我——我才能這麼努力！」

結花以一如往常的滿滿活力對這樣的鉢川小姐道謝。

然後轉身面像我們——深深一鞠躬。

「呃……大家也是！謝謝大家這麼為我加油，謝謝大家給了我這麼多支持。我能走到這一步，都是因為有我最喜歡的大家在——我真的是這麼想的！所以，我會更努力……讓大家能夠露出笑容！」

接著——

結花深深吸一口氣——變成和泉結奈。

帶著滿面笑容說了：

「我會一～～直陪在身邊！所～～以～～……大家一起歡笑吧！」

★該讓祕密結束了★

「——好的。非常謝謝妳，鉢川小姐。下個月的發表會，我也會全力以赴，和結奈一起。」

我這麼說完，掛斷了經紀人鉢川姊打來的電話。

位於咖啡館「石灰燈」二樓，簡樸的自己房間。

我在裡頭坐在椅子上，仰望天花板。

我深深地，深深地……嘆了一口氣。

我在現實戴著「來夢」這個面具。

在叫作聲優的舞台上，成為一個叫作紫之宮蘭夢的人物。

我一直賭上一切，面對「演戲」。

——就像我所尊敬的真伽惠那樣。

換來的結果是，我詮釋的少女蘭夢所得到的稱號——「第二個愛麗絲」。在多達一百人以上的「愛麗絲偶像」中，人氣定位在第二名。

沒錯……第二。

這次我再度沒能達到──「頂尖愛麗絲」。

「……常有人說我嚴以律己，但我自己都覺得我的個性很吃虧。即使是『第二個愛麗絲』，如果我的個性能多少為此高興，那該有多好？」

我無法不自嘲。

對於「第二個愛麗絲」這個結果，我就是會湧起壓倒性的懊惱，而不是喜悅……對這樣的自己，我無法不自嘲。

而當我獨自靜靜地陷入沉思。

傳來了一則ＲＩＮＥ訊息。

傳訊息來的人是──和泉結奈。

『蘭夢師姊！恭喜師姊榮登「第二個愛麗絲」！竟然衝上第二名，蘭夢師姊果然好厲害！』

只看字面都看得出結奈有多麼歡欣雀躍。

結奈還是那麼天真、坦率……是個太陽般的孩子。

和孤傲月亮般的我──彷彿是兩個極端。

『雖然和蘭夢比還差得遠……結奈也入選了「八個愛麗絲」。我會照蘭夢師姊的教誨，對自己更有自信，好好努力！所以……發表會上還請師姊多多指教了！』

這樣的她說出來的話真的好純樸。

一字一句……都那麼耀眼。

『恭喜妳，結奈。可是……無論是我還是妳，都還有提升的空間，所以要打起精神，別在這裡就往下掉了。發表會上的同台演出，我很期待。』

我回了訊息給結奈後，關掉手機的電源。

接著，我盯著變成全黑的液晶螢幕。

既然入選了「八個愛麗絲」……結奈的矚目度多半會更勝從前。

這樣一來，最大的風險——果然還是「談戀愛的死神」。

我和結奈發光發熱的方式完全不樣。

所以我絲毫不打算否定結奈的人生道路。

但我無論如何就是會有這個念頭……不希望他們受傷。

無論是結奈——還是遊一。

★該讓祕密结束了★

幾天前——一名女性聲優遭到群起砲轟。

她是在不同於《愛站》的另一款偶像系社群遊戲中，為主要角色配音的人氣聲優。

她遭到抨擊的開端——是爆料系MeTuber「鐮神」的影片。

「鐮神」是最近開始活動的帳號。

此人擅自將女性聲優的八卦消息上傳到MeTube，以辛辣的文句加以抨擊，作風品味很差……在聲優圈子裡被視為需留意的人物。

這次的爆料內容說的是作為偶像聲優愈來愈受歡迎的她，其實有個交往了幾年的情人。

還揭曉這情人就是她的經紀人——網路上一片撻伐。

最後甚至有人去灌爆她的社群網站帳號，寫下過分的留言。

而昨天，她的聲優經紀公司發表了說法。

發表了令人傷心的說法——她將暫停聲優活動。

「——揭露別人的戀愛或祕密來找樂子，真是下流到了極點的娛樂。」

這件事非常令人不愉快，讓我不由自主地咒罵。

把作為聲優每天持續努力的人當成什麼了？

……這麼說來，我也曾經感受到奇怪的視線。

雖然不知道單純是形跡可疑的人，還是想挖緋聞的人。

但愈是有名，生活也就愈會和風險同在。

這當然——對結奈也一樣。

「……妳隨時都很純真，但世界可未必和妳同等體貼呢——結奈。」

——我很怕對人說起夢想。

害怕說出真心話。

因此，我選擇了孤獨尋求夢想的路。

結果……深深傷了遊一的心，這件事我到現在仍感到後悔。

所以，即使知道這是自我陶醉。

但我再也……不希望遊一受傷。

還有，也不希望我的寶貝師妹結奈——變成那群下流傢伙下手的目標。

所以，我——

我慢慢湊過去，看著放在桌子角落的鏡子。

上面映出的是——野野花來夢。

沒什麼起眼的地方……是個非常非常平凡的高中女生。

然而，只要在心中戴上「笑容」這副面具。

就會變得無論任何氣氛都能融入，和任何人都能大方交談——能夠切換成這樣的「來夢」的笑容。

……接著，我改拿起放在鏡子旁邊的假髮，戴到頭上。

我沒戴彩色隱眼，也沒化妝，所以是有些不搭。

但只要在心中披上「夢想」。

我立刻——就能變成紫之宮蘭夢。

變成說話語氣平淡，卻有著強烈信念——這樣的她。

野野花來夢；「來夢」；紫之宮蘭夢。

我有著好幾種面貌。

就像我把現實當成舞台。

在這個舞台上演戲變得理所當然。

不知不覺，我才發現無論對誰……我都不會再露出野野花來夢的面貌。

然而，我要——讓這個情形結束。

因為我說過……「保密」就到此為止。

★該讓祕密結束了★

第12話 【佐方遊一】聊聊我第一次見到「她」的情形吧【野野花來夢】

「我說啊，遊一……你知道『鐮神』嗎？」

阿雅趴在桌上，粗魯地說了。

「我也不知道詳細情形，不過我昨天就在網路新聞上看到這個名字。」

「爆料系ＭｅＴｕｂｅｒ『鐮神』——這陣子專門盯上聲優，讓她們被抨擊的危險傢伙。不能原諒這種傢伙啊……我說真的。」

阿雅表露出怒氣，但這也難怪。

「鐮神」的影片成了導火線，逼得一名女性聲優停止活動——這成了昨天網路新聞的熱門趨勢。

她參與的不是《愛站》，而是另一款偶像系社群遊戲。

儘管不是我們推的聲優，也並未在我們推的遊戲配音……即使是這樣，看到這種悽慘的新聞還是會憤慨。

和自稱「談戀愛的死神」但盼望推角得到幸福，一心一意支持的我不一樣。

「鐮神」對聲優而言——不折不扣是真正的死神。

「佐方同……小遊。」

彷彿要揮開這種陰沉的話題。

結花帶著像要融化的笑容，朝我們跑了過來。

以戴著眼鏡，頭髮綁成馬尾的——學校款結花的狀態。

「……也不用硬要重說一遍吧？綿苗同——」

「是結花！」

「……呃，我知道。可是畢竟是在學校——」

「是結花！」

……總覺得頭愈來愈痛了。

當然是沒錯啦。

我是提起了勇氣想告訴班上的大家——爆料了我和結花在交往。

所以的確不需要拉開那麼遠的距離啦。

「你聽我說，小遊。雖然我沒事，可是想跟你說話。」

即使如此——像這樣把距離拉得超級近，是不是也不太對？

而且變成大家矚目的焦點也讓我難為情。

還有……被學校款結花這樣步步進逼，我也搞不太懂，但就是會比平常更難為情。

「——偵測到愛情喜劇反應！破壞，破壞～～～～～！」

「嗚哇啊！喂，阿雅，不要這樣！不要突然撲上來！」

「少囉唆～～～！你們變成班上公認的情侶，就在我眼前打情罵俏……看我把你們變成現充炸彈！」

我才不要變成什麼現充炸彈。

比起單純被講一句現充爆炸吧，聽起來就是會被改造成炸彈的感覺更可怕。

「真是的！倉井，別這樣啦！結結之前都一直忍著，好不容易可以做自己，局外人不要來礙事！」

二原同學抓住失控模式的阿雅的手臂——一邊訓話一邊將他用力從我身上拉開。

結果阿雅雙手一垂……全身虛脫。

「喔？倉井，你總算懂啦？好的，說幾句反省的話來聽聽。」

「…………碰到了一點點二原的胸部。」

「去死！」

速度驚人的一巴掌捕捉到了阿雅的臉頰。

好猛，我看都看不清楚……

畢竟是二原同學，也許她平常就在練假面跑者的必殺技之類。

阿雅，節哀吧。雖然我也不免覺得你是自作自受啦。

「那個……小遊，我也可以和小遊黏在一起看看吧？」

「想也知道不可以！這裡是學校耶！結花，妳把學生的本分當成什麼了！」

自從對班上同學爆料以來，學校款結花就花痴得很離譜。

儘管她似乎還有點分寸，不至於像在家那樣「嗚喵～～」一聲，二話不說就撲上來……但總覺得這也只是遲早的事，讓我怕得發抖。

「……不妙，好可愛……」

「那種感覺是怎麼回事？如果是故意擦邊，就會讓人火大，可是綿苗同學那種……像是小動物型？」

「啊～～就是這樣～～！像是小狗狗在玩的感覺！看著就覺得很療癒！」

就近看著的這群女生在和樂融融的氣氛下妳一言我一語。

……結花真有一套。

似乎是她太少根筋這一點奏效，已經漸漸被旁人當成令人莞爾的人看待了。

只不過巧的是……當成小動物看待這點，和勇海對她的待遇一樣。

——就這樣，我們成了班上公開的情侶。

在教室裡正常聊天，還會一起吃午飯……在學校相處的機會大增。

當然，像是我們已經訂婚、在同居等等。

這些不像是高中生會做的事……仍然保密。

「那麼結花，我們明天見。」

「啊……好的。明天見，小遊。」

我在走出教室前道別，結花就以非常依依不捨的表情朝我看過來。

雖然我也很捨不得——但我狠下心，離開了教室。

情侶放學一起回家是很常見的情形。

然而我和結花……就不太一樣。

萬一兩人一起放學回家的情形被人看見，導致被發現我們同居——難保事情不會鬧得一發不可收拾。

「喔，佐方，回家路上要小心車子啊！明天見！」

「啊……好的。鄉崎老師再見。」

我對擦身而過的鄉崎老師道別，走下樓梯。

在鞋櫃前換好鞋子，獨自——踏上歸途。

傍晚時分，太陽已經略為西斜……但今天萬里無雲，天空好漂亮。

「就慢慢走吧。」

我自言自語，放慢了走路的速度。

平常我是在這個地方和結花碰頭。

但照剛才的情形看來，她已經被班上女生團團圍住，多半一時脫不了身。

因此我打算悠哉地慢慢走，消磨時間。

我就這樣走出校門——

「是喔，這裡的制服是西裝外套款啊。我是第一次看到，還挺合適的，感覺不錯呢~~」

——耳熟的慢吞吞的說話語調。

聽見這個我沒想到會在這種地方聽到的嗓音……我當場說不出話來。

我戰戰兢兢地轉頭往旁一看。

校門前。

靠在圍牆上悠哉笑著的——

「……為什麼？妳會在這種地方？」

「啊哈哈～～嚇到你了吧？對不起喔～～遊一。我是有點事要找你……所以在這裡等。」

她，沒錯——是野野花來夢。

是我以前——喜歡的對象。

◆

——我作夢也沒想到來夢會在校門前等我。

人一旦太吃驚，腦袋真的會運轉不過來。

一看到來夢的瞬間，我什麼話都說不出來。真的。

可是——我勉強讓腦袋運轉。

我和來夢先決定好碰頭地點……暫時先分開。

我自己都覺得這是漂亮的一手。

畢竟校門前這種地方——根本不知道幾時會被熟人看到。

這個地方平常就很少人經過——我和結花每次都選擇在這裡會合。

我從學校走了一會，在路口往右轉，去到一條小巷子裡。

來到指定的地方，就看到來夢已經在等我。

「呀喝～～遊一。」

「……來夢，妳不用上課嗎？」

「啊哈哈～～算是特休吧～～」

來夢翻動及膝的長版大學Ｔ，若無其事地笑了。

「翹掉自己高中的課，跑來別人的高中，妳做的事還真刁鑽啊……所以，是怎麼啦？還跑來別人的高中。」

「對不起喔～～我是有想到很多人在看，這樣不太好，可是……遊一你以前都沒在用ＲＩＮＥ吧？還有，不知道是不是你上高中後換了手機，電話也打不通。」

啊啊，聽她這麼一說。

的確我國中那陣子都沒在用ＲＩＮＥ，上了高中後又換了機種，所以電話號碼也改了。

這樣一來，來夢就沒辦法跟我聯絡……方法只剩下直接來學校或家裡找我？

如果是這兩個選擇，這的確是比找到家裡來要有理——

「不不不，我差點就信服了，可是不對吧？只要經由二原同學來聯絡，不就解決了嗎？」

「啊哈哈～～這我當然也考慮過。可是，你覺得『我想要妳瞞著結花同學，安排我和遊一見面』這種請求——桃乃會答應嗎？」

「……也是，大概不會吧，畢竟是二原同學。」

雖然她外表完全是個開朗角色辣妹。

內涵卻是非常為朋友著想，很重道義的個性啊，二原同學。

她會把結花放在第一優先考量，對於這樣的請求，基本上應該會拒絕。

——我又這麼差點接受了，可是……

「不不不，這也不對吧？這是什麼前提啦？如果只是有事，讓結花和二原同學事先知道也無所謂吧？」

「啊哈哈～～你這樣說，我就會傷腦筋了～～」

來夢笑得很乾脆。

她的雙手在胸前輕輕一拍。

以深淵般的黑色眼眸——盯著我。

「…………因為這件事，我不太想被別人聽見。」

——剛剛那是什麼感覺？

國中時代經常一起玩的成員裡，就包括了來夢。

她是個待人和善，隨和溫暖的女生。

這是以前我所知道的來夢……而眼前的來夢身上有著和我所知道的來夢不一樣的，令我背脊發涼的氣勢。

「——啊，對了。我話得先說在前面～」

來夢似乎察覺到我的不解。

她一如往常發出「啊哈哈～」平靜的笑聲。

「雖然說是不想被別人聽見，但我可不是事到如今才要找你表白喔。我是個壞女人沒錯，不過沒這麼笨～如果你擔心結花同學……這點還請你放心。」

——事先顧慮到我最有可能擔心的點。

來夢從以前就有這種敏銳。

若無其事地能夠顧慮到四周。

和大家一起玩得起勁，讓場上的氣氛更開朗。

可以讓人面帶笑容跟她一起度過時間。

野野花來夢的這種地方。

就是國中時的我——最喜歡的地方。

所以…………

「我明白妳似乎有什麼苦衷了，可是……抱歉，來夢！我還是想改天有二原同學或阿雅在的時候再聽妳說。」

「…………咦？」

來夢似乎沒料到我會這麼回答，微微睜圓了眼睛。

「呃……是什麼地方讓你不開心了嗎？如果是這樣，對不起喔。」

「不。倒不是這麼回事啦……」

要對這樣的來夢這麼說是有點過意不去，可是——

我打起精神，繼續說：

「我和結花在交往這件事……我們之前都瞞著班上的同學，是在情人節後公開的。」

「嗯，是這樣啊？」

「結果——班上同學的反應太尋常，讓我嚇了一跳。也沒有什麼找碴、取笑之類虧我們的情形發生。嚴格說來，更像是在支持太少根筋的結花，大家……比我想像中更體貼。」

「……這樣啊。那真的……太好了。」

來夢似乎明白了我要說的話，變得有些吞吞吐吐。

我被來夢甩掉的時候——有第三者散播了惡意的謠言。

從那以來，我就一直……害怕對別人說出祕密。

「被大家接受，我才總算……覺得擺脫了從國三就一直梗在心裡的東西。所以，以後——我打算抬頭挺胸，好好珍惜結花。」

國中時代，我的確……喜歡野野花來夢。

然而，現在不一樣。

現在的我打從心底愛的……

已經——只有綿苗結花一個人。

「……妳也許會笑我太在意，可是和以前喜歡的對象兩人單獨說話——這樣的情形結花說不

定會在意。所以……對不起！我希望在二原同學在的時候再聽妳說。」

我這麼說完，低頭道歉，然後轉身背對來夢。

「那我們下次再聊。」

我不免尷尬，不好意思看來夢……

……啊，得和結花聯絡，告訴她今天不在路上會合。

我一邊想著這樣的念頭，一邊在沒有人經過的路上邁出腳步。

「——慢著，遊一！」

不像來夢會發出的大音量，讓我不由得回過頭。

——在那裡的是……

揚起略粗的眉毛，面無表情地站著，模樣和平常完全不像的——野野花來夢。

……之前在神社見到的時候也是。

我想起當時雖然只有一瞬間，但也感受到了來夢這一面的極小一部分。

「……你不想傷害結花同學，這種心意我很清楚了。正因為這樣，我想問你，為了不傷害結花同學——你有沒有覺悟不當『談戀愛的死神』？」

「……不當『談戀愛的死神』？」
來夢沒頭沒腦地在說什麼啊？
我產生疑問的同時——忽然察覺到一種可能。
這個音色；這個表情；這個氣氛。
搞不好，這會不會……是我認識的人？

「來夢——是紫之宮蘭夢嗎？」

一陣風在我與來夢之間吹過。
接著來夢撥起了頭髮。
以淡淡的語氣回答：
「是啊，沒錯。我是……紫之宮蘭夢。好久不見了，結奈的『弟弟』？」

☆將這天竺葵染成紅色☆

……哇～～！

我被大家留住，結果太晚離開教室了啦～～！

我在心中這麼呼喊。

並且慌慌張張地在鞋櫃前換穿鞋子。

「結結，妳還好嗎？」

「我……我沒事，桃桃！……呃，哇～～！鞋子左右穿反了～～！」

我整個有夠慌的，連一旁的桃桃都擔心我。

但我還是勉強把鞋子重新穿好。

我拿起書包，對桃桃揮手。

「那麼桃桃，我們明天見！拜拜～～！」

「嗯，再見！」

我走出校門，來到人行道上。

我以偏快的腳步走在回家路上。

嗚喵……比約好的時間晚了啦。

也沒收到ＲＩＮＥ訊息，要不要緊啊？

小遊～～……對不起喔～

——至於我為什麼這麼急迫。

是因為想到差不多該回家時被大家叫住了。

她們說打算下次去吃可麗餅。

而且竟然！還邀我去！

感覺會很開心～～好想去～～可是如果我發動怕生模式怎麼辦～～……我想著這樣的念頭，桃桃就說她也要參加。

所以，我也就參加了可麗餅會。

嘻嘻，每次都要謝謝妳啊，桃桃！最喜歡妳了！

就這樣——我們在教室裡聊得起勁，不知不覺就過了好長的時間。

我以往都不曾像這樣……放學後留在教室裡沒完沒了地閒聊。

所以該說我掌握不好時間感覺嗎？

……嗯，就只是藉口吧。

對不起，小遊，原諒我喔。

「……呼嘻嘻！」

明明處在這種狀況還笑，也許有些不檢點。

但我就是開心起來……忍不住笑出來。

畢竟現在在學校也能和小遊說好多話。

在班上也交到了好多可以說話的朋友。

至於前不久——跟小遊的關係也得到了雙方家長的認可！

最近的我……真的有夠開心。

「小～遊～～♪小～～遊～～♪」

我哼著歌，一步步走向碰頭的地點。

好想趕快見到小遊喔。

然後好想跟小遊緊～～緊貼在一起喔。

我想著這樣的念頭，來到路口附近一看——

「……啊，是天竺葵。」

☆將這天竺葵染成紅色☆

我路過的一間花店前。

擺放著純白的天竺葵。

「……唔唔。」

我停下腳步，在花店前蹲下來。

盯著白色的天竺葵。

「之前看到黃色天竺葵的時候……是和來夢同學有『意想不到的邂逅』啊。」

從以前看過的漫畫上學來的知識。

讓我知道黃色天竺葵的花語是「意想不到的邂逅」。

緊接著，我就和來夢同學有了作夢也想不到的邂逅——所以可說花語精準說中了。

因此當我不經意地看到天竺葵……就是會感到在意。

「白色天竺葵的花語是——嗚喵！『我不相信你的愛』！」

我用手機一查，結果跑出了非常糟糕的花語！

真是的，手機你啊～給我看這種東西，不就會害我不安嗎！

啊……可是——

仔細一看，更裡面——還放著紅色的天竺葵。

「紅色天竺葵的花語是……『有你而幸福』！嘻嘻，太好了～這句是好話！」

手機啊，你好好做還是做得好嘛！

我感到開心，用力起身。

一路朝小遊在等我的地方跑過去。

「我不相信你的愛」——國中時的我也許真的是這樣。

明明看得到大家，可是一旦想靠近，就會有牆壁擋在中間……我就是把自己關在這種玻璃房間裡，獨自啜泣。

可是——現在不一樣。

因為打破了玻璃牆，和大家一起歡笑。

在我看來——世界是那麼閃閃發光。

因為有緣和小遊相識……我的世界改變了顏色。

白色天竺葵才會染成紅色。

才能變成「有你而幸福」——成為幸福的花。

所以這次——輪到我了。

如果有白色的天竺葵，我就要一株株染成紅色。

就像小遊為我送來幸福。

我也希望能在大家心中開出幸福的花朵……我是這麼想的。

◆

「…………咦，來夢同學？」

過了路口，正要彎進小路——我猛地停下腳步。

因為不知道為什麼……小遊和來夢同學兩個人在說話。

「難道是——出軌！」

我一瞬間想到這樣的念頭，整個人就要衝過去。

「……看來不像啊。感覺氣氛好凝重……」

不像是聊得雀躍，氣氛像是在談正經的話題……

而且追根究柢——小遊怎麼可能出軌嘛。

雖然他有時候會對桃桃和勇海的大胸部色瞇瞇的。

……我也沒原諒這個就是了！

「——咦？」

我正想著這樣的念頭。

我在離小遊和來夢同學有點距離的電線桿後頭。

發現了一個穿著黑色連帽衣，兜帽壓得很低的人——站在那兒。

從他們兩人的位置看去，這個人位於死角，所以他們完全沒發現。

……這個人在做什麼呢？

還把包包放在腳邊，一～直在滑手機……好奇怪。

平常明明是幾乎沒人經過的寧靜小巷。

今天卻和平常的感覺不一樣。

我胸口有點——不舒服的悸動。

第13話 【開演】我所不知道的「她」的故事【轉暗】

——是啊，沒錯。我是……紫之宮蘭夢。

我站在沒有人經過的小巷子裡。
目光無法從眼前的來夢身上移開。
隨風飄搖的栗子色短鮑伯頭髮絲。
略粗的眉毛、圓滾滾的大眼睛。
這長相毫無疑問——就是野野花來夢。
但她臉上的表情，完全是——紫之宮蘭夢。
「我沒想到在報上名號之前就被你看出來。我的演技還差得遠呢。」
來夢以低沉的聲調這麼說。
接著，露出和平常的來夢不一樣的笑容。
「你不怎麼驚訝呢，遊一。該不會只是我被騙過，其實你早就發現了？」

「……哪有可能？假裝沒發現這麼高竿的事，我哪做得來啊？」

「也對。你從以前就是會立刻表現在臉上呢。」

——是種不可思議的感覺。

明明在和來夢說話。

但無論說話方式還是聲調給人的印象……都判若兩人。

「來夢……妳真的都不會表現在臉上啊。沖繩公演那次，我不是遇到了紫之宮蘭夢嗎？那個時候妳也完全不為所動。」

「我是嚇了一跳，畢竟我沒想到結奈的『弟弟』——竟然會是你。即使如此，我仍然演到底，就只是這樣。因為哪怕發生意料之外的狀況，也要一臉不在乎地演下去——這才是演員。」

「……妳知道自己在說不得了的話嗎？」

對演戲懷抱的壓倒性熱情。

以及無論遇到如何不測的事態，都能鎮定自若的冷靜。

聽到她這麼說，我再次深深體認到……

來夢真的——就是紫之宮蘭夢。

「倒是……阿雅可會昏倒啊，如果他知道紫之宮蘭夢其實是來夢。」

「的確，也許會吧。畢竟雅春知道的我，跟蘭夢……完全不一樣。」

來夢淡淡地回應我的玩笑話。

接著忽然閉上了眼睛。

「——遊一，你認為是野野花來夢在扮演紫之宮蘭夢……沒錯吧？」

「……啥？那當然了。妳何必問這種理所當然的問題——」

「不是的。我的『演技』——不只是這樣。」

來夢用稍重的語氣這麼說。

然後睜開眼睛，略顯落寞地……笑了笑。

「我扮演的不只是紫之宮蘭夢。遊一你們所知道的『來夢』，也是我——所扮演的『角色』之一。」

◆

那麼——我們就開始說說野野花來夢這個少女的故事吧。

小時候的來夢非常喜歡唱歌和跳舞，是個隨處可見的平凡孩子。

她夢想著有朝一日要成為偶像明星……看著電視，一再模仿偶像明星。

這樣的來夢家裡發生變化——是在她國小高年級的時候。
擔任銀行行員，一路出人頭地的父親，因為過勞搞壞了身體。

後來過不了多久，父親辭去了工作。
接著父母商量之後，搬到現在住的家——開始經營咖啡館「石灰燈」。
比起讓工作消磨生命，更想實現以前就有的夢想活下去。這就是父母的心意。
對於這樣做出決定的兩人……來夢至今仍然尊敬。

然而——世界並非如此體貼。
對於曾是所謂菁英分子的父親如此凋落，親戚們大肆揶揄。
儘管他們不會直接說，但在背地裡竊竊私語貶損父親的模樣，來夢看過好多次。
她得知會有人像這樣……嘲笑、踐踏別人的夢想或信念。
不知不覺間——來夢開始隱藏自己的心意。
別再對別人說夢想了吧。
隨和地配合周遭笑一笑吧。
在這個叫作現實的舞台，戴上叫作「來夢」的面具——演個不停吧。

就這樣誕生的「來夢」這個角色……就是遊一你們知道的野野花來夢。

來夢真正的夢想——是「用演戲與歌唱將幸福呈現給大家」。

接著，一個也許能讓來夢實現這種夢想的轉機來到她面前。

本是外行人的來夢受到破格提拔——為《Love Idol Dream! Alice Stage☆》的蘭夢配音。

然後，還加入了退休的頂尖模特兒——真伽惠也參與的「60P製作」。

她以聲優紫之宮蘭夢的身分——踏出了走向夢想的一步。

彷彿在朗誦故事。

來夢滔滔不絕地說起自己的過去。

話裡全是我所不知道的事實。

讓我切身體認到——我對來夢真的一點也不了解。

「……這樣『祕密』就真的結束了。對不起，一直瞞著你。」

來夢微微蹲低致意。

就像在舞台上謝幕那樣。

「剛才說的故事就是我的一切。而現在，站在你面前的——就是真正的野野花來夢。」

「這樣啊……謝謝，來夢。謝謝妳告訴我真相。」

「……你沒有道理要對我道謝。不說真心話的人所說的話，哪有什麼分量呢？所以我只是——想先把事情跟你說清楚。」

來夢仍然面無表情。

撥起栗子色的頭髮——這麼說：

「遊一，你最好別再當『談戀愛的死神』了。你要丟掉這個名字，把作為和泉結奈粉絲的你……從這個世界上消除掉。」

她聲調固然平淡。

話語卻強而有力，而且沉重。

「……事到如今我才不當『談戀愛的死神』，有什麼意義嗎？」

「你和我們不一樣，是圈外人。只要在出事之前把消息湮滅在黑暗中——你就是『談戀愛的死神』這個事實不被公開的可能性就很高。」

「即使我就是『談戀愛的死神』這件事沒被揭穿，和泉結奈有男朋友的八卦消息有傳出去的風險這點仍然不變吧？既然這樣，特意消除『談戀愛的死神』有什麼意義——」

「……前幾天的網路新聞你看了嗎？那件事，比起她有男朋友的這個事實——對象是經紀人的這件事，更加成了她遭受抨擊的關鍵。她的經紀人原本就在活動之類的場合被粉絲們認識……而這點發揮了負面的作用。」

——的確，網路上也有人寫了這樣的話。

也因為她作為偶像聲優博得人氣。

據說她有許多與粉絲距離很近的活動，經紀人始終以從旁照看的姿態對應。

因此這名經紀人廣為粉絲所知……當他自己就是該名聲優交往對象的事實被揭穿，就出現了一群抨擊他為「叛徒」的人。

無論聲優，還是她的男朋友。

當事人雙方都遭到抨擊——事情就是演變成這種可悲的狀況。

「無論和誰交往，有交往對象這件事本身都一樣……事實的確就如你所說。然而——被報導與一般男性談戀愛，或是和有名的粉絲『談戀愛的死神』談戀愛，對結奈而言——你認為哪一邊的風險比較高？」

我想反駁……但我什麼話都說不出來。

和泉結奈其實有交往對象。

這個事實揭曉的時候，交往對象——是大眾知悉的人物，會比是無名小卒更容易引發無謂的事件。

「談戀愛的死神」寄出的信件在廣播節目中被多次唸出來……而且在圈內也是廣為人知的和泉結奈的狂熱粉絲。

的確，作為和泉結奈的交往對象——也許是蘊含著風險。

正因為這樣，來夢才要在事情鬧大之前……

跑來勸我……別再當「談戀愛的死神」？

「妳想說的話我明白了……可是，為什麼妳這麼在意我們的事情？無論這件事鬧出什麼情形，對紫之宮蘭夢都沒有影響吧？」

上次在神社見面的時候也是這樣。

當來夢知道我就是「談戀愛的死神」時，顯然——有了動搖。

那個瞬間就是第一次。一直把戲演得完美的來夢第一次有了破綻。

若不是這樣，想必我……作夢也不會想到……來夢竟然就是紫之宮蘭夢。

「——結奈有著和我不一樣的光芒。」

來夢始終看著我。

用歌唱般的聲調說了：

「……結奈她真的是個不可思議的孩子呢。有很多地方少根筋，也會做很多有危險的事情，滿滿令人擔心的點——但不知不覺間，目光已經被她吸引住。感受得到她有種和我完全不一樣的……只有她才有的光芒。」

來夢苦笑似的微微一笑。

這種表情和我認識的來夢會有的表情不一樣。

但我認為是我至今所見過的表情當中——最溫柔的笑容。

「我知道自己是多管閒事，即使被你們討厭也沒辦法，但即使是這樣，我仍然——不希望你們受到傷害，無論是結奈還是遊一。所以我沒辦法不說出來，不是站在『來夢』或紫之宮蘭夢的立場——而是站在野野花來夢的立場。」

「…………請等一下！」

就在這個時候。

從站在對面的來夢身後傳來一聲大喊。

緊接著就有一名戴著眼鏡的少女——甩得馬尾高高揚起，大大攤開雙手。

雖然乍看之下有些不起眼。

但她那雙閃閃發光的大眼睛清澈得令人吃驚。

我的這個未婚妻——綿苗結花……

再次大聲說了：

「我可要問個清楚了……那邊那個人！」

◆

一條幾乎沒有人經過的昏暗小巷裡。

我未來的「丈夫」和他曾經喜歡的女生，兩個人獨處。

……嗯，這不妙吧。

這情境要人別誤會才是強人所難。

「不……不是這樣的，結花，這是有理由的。應該說，這是好好解釋過，妳就會明白的那類

事態！」

「……遊一，你先冷靜，不然反而會很可疑。我們明明沒做什麼虧心事。」

來夢看到我方寸大亂，便嘆了一口氣。

在這樣的狀況下，結花則是——

「我……我不會放你走的，在……在聽你解釋清楚之前！」

感覺——她不是朝著我們的方向喊話。

「呃……結花，妳在做什麼？那邊沒有人喔……」

「明明就有！只是小遊你們沒發現！畢竟我就是發現了！發現了——這個偷拍小遊和來夢同學的人！」

…………偷拍？

聽到這個聳動到了極點的字眼，我不由得警戒起來。

結果——從電線桿後面。

一個穿著黑色連帽衣，兜帽壓得很低的可疑男子忽然現身。

「……唉～～～～我說妳啊，是打什麼主意？這是妨礙營業耶，妨礙營業。」

男子嘆息著吐出難聽的話。

他當場蹲下，手伸進包包裡。

從中拿出了——一台攝影機。

「都還沒拍到多少……真沒辦法啊。既然這樣……我就直接問問他們吧。」

接著他將攝影機——朝向來夢。

「好的，紫之宮蘭夢？妳和男友幽會的現場被拍到了，還請說一句妳現在的感想。」

「…………你說什麼？」

來夢眉毛一動。

——這男的是誰？

為什麼他看著這個打扮的來夢——卻知道她是紫之宮蘭夢？

「……這樣啊。我知道了，你——是『鐮神』吧？」

來夢和腦子一團亂的我完全相反。

冰冷地朝他丟下這句話。

男子聽了，嘴角一揚。

朝我們三個人——說出了他的名字。

「真虧妳知道。各位好……我是爆料系ＭｅＴｕｂｅｒ『鐮神』。」

第14話　【緊迫】我的未婚妻與以前的朋友圍繞著死神而……

放學回家的路上。

我和在校門前等我的來夢說話——得知了來夢保守至今的「祕密」。

就在這個節骨眼。

結花衝進現場……揭穿了一名可疑男子的偷拍行為。

他的名字是——「鐮神」。

專挑女性聲優，發布八卦新聞影片，引發了多起粉絲群起抨擊事件的……自稱爆料系MeTuber。

我只有名字叫「談戀愛的死神」，純粹只是結奈的粉絲，而他完全不一樣。

他有著能收割聲優人生的鐮刀——是真正的死神。

第14話
【緊迫】我的未婚妻與以前的朋友圍繞著死神而……

「怎麼啦，蘭夢？把妳這位男朋友的情形說給我聽聽啊。影片我是拍到了，可是距離有點遠，你們談話的內容就聽不到了。所以……來，朝攝影機說幾句話來聽聽？」

「……嗯～～？你是不是搞錯人了～～？」

來夢朝著用攝影機拍她的「鐮神」──切換表情。

不改輕柔的笑容，微微歪頭。

「紫之宮蘭夢……記得是一位聲優吧？我聽說過呢～～被錯認為這樣的人是很光榮，可是……啊哈哈～～我不是這樣的人喔～～」

輕飄飄的「來夢」舉止，讓人在她身上看不到半點紫之宮蘭夢的影子。

──說話的內容就聽不到了。

想必她是聽了「鐮神」的這種發言，於是採取了轉移焦點作戰。

來夢真有一套，她這戲演得非常完美。

好，就這樣把「鐮神」矇騙過去──

「這種鬧劇就免了。妳就是蘭夢──這件事我從滿久以前就掌握了證據。」

「────！」

看到「鐮神」傻笑著拿出的照片……來夢用力咬緊了嘴脣。

第一張照片上拍到的──是穿著大衣的紫之宮蘭夢。

拍到的是她一邊窺探四周情形，一邊走進一條很少有人走過的巷子的現場。

而第二張——是從巷子裡走出來的野野花來夢。

雖然面孔和紫之宮蘭夢完全不一樣……身上穿的大衣無疑是同一件。

沒錯，「鐮神」——已經掌握了眼前的野野花來夢就是紫之宮蘭夢本人的鐵證。

「…………這樣啊。最近我有幾次感覺到別人的視線，原來是你做的好事啊。」

「要掌握別人的祕密，可也很辛苦啊。」

「你真是下流之至。像你這種人——我最討厭了。」

來夢不再演戲，用像在看髒東西的眼神瞪著「鐮神」。

然而「鐮神」毫不畏懼地說下去：

「蘭夢，妳也差不多該死心了吧？妳的大醜聞，我可是掌握了——足足三件呢！一個是紫之宮蘭夢的真面目，另一個是紫之宮蘭夢正在談戀愛，而最後一個是——戀愛對象是『談戀愛的死神』。」

——被唐突地叫到名字，我一瞬間腦子一片空白。

為什麼這傢伙……知道我？

第14話

【緊迫】我的未婚妻與以前的朋友圍繞著死神而……

記得他明明說過聽不到我們談話——

「哎呀～～話說回來……真沒想到會拿到這麼好的情報啊。光是能拍下蘭夢和男朋友幽會的現場，都已經夠讚了——沒想到跑出來的竟然是『談戀愛的死神』啊。」

「……閉嘴。」

「這傢伙不是和泉結奈的粉絲嗎？不錯啊……從同個團體的師妹聲優手上ＮＴＲ（睡走）粉絲，這可是特大號的獨家題材。」

「閉嘴！」

來夢失去冷靜，大聲怒吼。

在這樣的局面——我決心對「鐮神」問起。

「你……為什麼認得我？」

「啥？啊，這樣啊。『談戀愛的死神』不記得我了啊？」

「鐮神」露出猥瑣的笑容。

他將一對從帽子底下露出的眼睛朝向我。

「——好一陣子以前的《愛站》網聚。我們只是打了招呼，你應該不記得……當時我跟你見過。雖然其他傢伙的長相我都忘了，但只有你，我還記得……只有你這個知名的和泉結奈狂熱粉絲，我還記得。算你運氣不好……是不是啊，『談戀愛的死神』？」

——我總算掌握了狀況。

這傢伙本來就是熱中到會來參加《愛站》網聚的粉絲。

和「談戀愛的死神」只有一面之緣。

想揭露紫之宮蘭夢的祕密而緊跟著她……結果湊巧目擊了她和「談戀愛的死神」在一起的場面。

而他擅自將這個場面——解釋成紫之宮蘭夢對師妹聲優的粉絲「談戀愛的死神」下了手。

——被報導與一般男性談戀愛，或是和有名的粉絲「談戀愛的死神」談戀愛。

——你認為哪一邊的風險比較高？

說巧不巧，來夢問我的話語沉重地壓在我身上。

「……你為什麼要做這種事？」

不快太過強烈，讓我胸口都要不舒服了。

「既然你都參加《愛站》網聚了！你不也支持過『愛麗絲偶像』，還有為她們賦予生命的聲優嗎！為什麼你可以若無其事地做這種過分的事情！」

「……才不是支持過，我現在也支持。不管是《愛站》還是其他偶像系社群遊戲，我都很喜

歡。而且，我對演出這些角色的聲優——比誰都愛。」

「鐮神」對這樣的我——

加重語氣大吼。

「——正因為這樣，我才不能原諒她們偷偷摸摸交男朋友！在我們面前笑咪咪地陪笑，背地裡看不起我們，和男朋友打情罵俏……這是對我們粉絲的冒瀆！我們可不是搖錢樹！」

嚷完這些豈有此理的邏輯後。

「鐮神」慢慢——朝來夢一指。

「瞞著粉絲，討好男人……對做出這種背叛的聲優，揮下正義的鐮刀！對玩弄粉絲純情心靈的聲優，降下神罰！這就是我——『鐮神』的使命！」

——交男朋友，是對粉絲的冒瀆？

開什麼玩笑，聲優也是人啊。

和別人交往又怎樣？只要在粉絲面前全力表現，會珍惜粉絲……不就都是神應對嗎？

——傷害了粉絲純情的心靈？

是誰在傷害人啦？

聲優為我們最喜歡的角色賦予最棒的語音。

還會唱歌，會在廣播節目逗我們笑，呈現全力以赴的表演。

從她們身上得到了很多笑容，卻還做出這種不顧他人死活的舉動的……是哪一邊啦？

「……我才要說，你把聲優當什麼了？雖然我們都說聲優是天使，是女神……實際上，她們不就和我們一樣是人嗎！」

我任由胸中不斷上衝的情緒驅使，扯開了嗓門。

「既然是人，任誰都有祕密。有藏在心中的事物，也有珍惜的夢想。像是家人、朋友、情人……這些重要的人，想也知道會有吧！你卻用這種不顧他人死活的傳聞或言語傷害她們——誰也沒有這種權利！」

——佐方遊一這個人……

因為班上有人散播的消息，受到傷害，有一陣子拒絕上學。

從那以來，就開始害怕與三次元的女生談戀愛。

——綿苗結花這個人……

毫無理由，持續受到班上同學的排擠，長期把自己關在家裡。

即使後來敢外出，對於和別人交流……仍有些隔閡。

——野野花來夢這個人……

這些年來見過為實現夢想而努力的雙親，也見過蔑視他們的大人。

正因為如此，她才放棄談論夢想……隱藏真正的自己。

大家——都被這種殘酷的傳聞或言語所傷害。

「…………別再這樣了吧。大家一起歡笑明明就很好。為了要有人笑，就得有人哭——這樣不是很空虛嗎？」

我始終握緊雙拳，對他懇求。

但「鐮神」的反應是——面不改色，撂下狠話：

「這就是所謂見解不同吧……我絕不原諒讓我不快的人。」

接著「鐮神」將攝影機慢慢朝向我——

「不好意思～～！來來來～～！『鐮神』先生～～！」

「…………啥？」

「鐮神」露出狐疑的表情，回頭看去。

站在那兒的是——綿苗結花

「妳……還在啊？無關的人走開啦。我要找的只有紫之宮蘭夢和『談戀愛的死神』——」

「對！就是這個！『鐮神』先生……你這獨家報導弄錯了！」

「……啥啊？」

「『談戀愛的死神』先生是和泉結奈的粉絲喔。你說得像是紫之宮蘭夢搶走了師妹的粉絲……但這是『鐮神』先生你的感想吧？請問你有什麼根據嗎！」

「囉唆，妳是怎樣啦！這不關妳的事吧！」

「就是關我的事啊。因為，我是——和泉結奈。」

——咦？

結花，妳剛剛……說了什麼？

就在當場愣住的我們眼前。

結花摘下眼鏡，鬆開了綁成馬尾的頭髮。

隨風飄舞的黑色長髮。

一摘下眼鏡就顯得眼角下垂的眼睛。

結花換成這種平常的模樣後，深深吸一口氣。

——說出了耳熟能詳的台詞。

「結奈會一～～直陪在你身邊！所～～以～～……我們一起歡笑吧？」

「————這！剛……剛剛的聲音是……」

「第八個愛麗絲」——結奈。

「鐮神」聽到現場真人說出的這句台詞，明顯亂了方寸。

綿苗結花——和泉結奈，面向這樣的「鐮神」。

毫不畏懼地說下去：

「你嚇了一跳嗎？嘻嘻。其實啊，我——作為聲優和泉結奈，在為《愛站》的結奈配音！」

◆

「……妳說妳是……和泉結奈？不，怎麼可能……」

「……等等，為什麼我和蘭夢師姊待遇不一樣，對我你就這麼懷疑！虧我還自己報上名號，而且用結奈的聲音說話了～～！」

不不不，不是這樣。

妳這樣自己爆料的作風，反而才是被懷疑的原因好嗎？

可是，結花莫名——對「鐮神」一再強調自己的存在。

「總之，我是和泉結奈！是和蘭夢師姊同一間經紀公司的師妹！『鐮神』先生的緋聞弄錯了，所以我想糾正！」

「……妳說弄錯，是哪裡弄錯了啦？」

「首先——關於蘭夢師姊的戀愛疑雲！真是的……完～～全錯了！要訂正啦，訂正！」

「結奈！妳從剛剛就在胡鬧什麼！」

來夢急忙出聲制止。

但結花笑咪咪地說下去：

「蘭夢師姊她啊……不只是在粉絲們面前，從平常就有夠嚴以律己。她滿腦子只有演戲，絕對不會為戀愛分心。真是的，好想讓你看看平常的蘭夢師姊是什麼樣子呢。她有～～夠嚴格的好嗎！」

「……什麼啊，無聊。」

他多半是將結花熱烈的話語當成了硬拗的藉口吧。

「鐮神」忿忿地回答：

「我哪會被這種信口胡謅的鬼扯給矇騙過去。那為什麼蘭夢和『談戀愛的死神』會在這裡？她可是穿著便服在和粉絲幽會耶。如果妳說這還不是男朋友，那又是什麼——」

「『談戀愛的死神』先生——是我的粉絲，我的男朋友！」

——破天荒的發言。

迴盪在二月寒冷的天空下。

「……啥？妳剛剛……說了什麼？」

「就～～說～～了！『談戀愛的死神』先生是我的男朋友啦！『談戀愛的死神』先生是我的頭號粉絲耶，你卻說他是蘭夢師姊的男朋友……這種假消息也太失禮了吧，真是的！要訂正啦，訂正～～！」

「結奈，妳傻了嗎！妳閉——」

「我才要請蘭夢師姊安靜～～！啊，順便說一下，是我主動表白的！因為我實在太喜歡『談戀愛的死神』先生了！所以……」

接下來結花她……

不改一如往常的笑容——宣告：

「——無論是『談戀愛的死神』先生還是蘭夢師姊，都沒有錯。是我自己喜歡上『談戀愛的死神』先生——把這件事告訴了蘭夢師姊。所以，蘭夢師姊和『談戀愛的死神』先生見過面……就只是這樣。『鐮神』先生，請你要用上這段影片喔。耶～～Peace！」

「結……結奈！」

我撲上去，摀住結花的嘴。

「唔～～唔～～！」結花胡亂擺動手腳掙扎。

但我忍著快哭出來的情緒……將結花緊緊擁進自己懷裡。

「……妳為什麼主動跑來結束聲優人生？」

「鐮神」對這樣的結花表露出怒氣。

「妳這樣宣傳男友，是想嘲笑粉絲？還是看到蘭夢和男朋友上鏡頭，嫉妒他們？我是搞不懂——但這是背叛粉絲，我絕對饒不了……！」

接著他將一直在拍的攝影機收進包包。

「鐮神」一邊轉身背向我們——一邊重重咂嘴。

「我會讓妳如願。這次的目標不是蘭夢……是和泉結奈妳。妳背叛了粉絲，妳的聲優人生——就由我『鐮神』收割。」

——「鐮神」離開後的巷子裡。

我一下子大感疲憊，手放開結花，癱坐在地上。

結花也同樣「噗哈啊～～」一聲，當場蹲下。

「……結奈，妳在打什麼主意？」

野野花來夢從上往下看著這樣的結花。

眼眶濕潤地朝她問起。

結花仰望這樣的來夢，賠笑著說：

「……嘻嘻。原來來夢同學就是蘭夢師姊啊？我完～～全都沒發現……蘭夢師姊的演技果然好高超喔。」

「這種事不重要！妳是傻了嗎！他本來不知道妳就是和泉結奈的這個情報啊！妳卻主動告訴

他……」

「因為和小遊交往的人是我啊。大家都不希望他到處散播假消息吧？應該說……我自己就不喜歡這樣。而且蘭夢師姊就是來夢同學，事情又更複雜了！」

「妳該考慮時機和場合！如果是對我不滿，等那個惡徒回去以後再說不就好了！只要妳不吭聲……至少妳就不會受害……！」

「可是，這樣一來——小遊和蘭夢師姊不就會不好過嗎？」

結花非常冷靜地這麼回應後。

慢慢站起來。

以夢幻、體貼又美麗的笑容——說了：

「對不起。可是我——就是不想看到我最喜歡的你們兩個受傷。」

第15話　哪怕是想哭的夜晚，只要牽起手就一定會架起笑容的彩虹

我仍然癱坐在昏暗的巷子裡。

仰望著結花和來夢。

看著讓一頭鬆開的黑髮隨風飄舞……

露出陽光般笑容的綿苗結花——和泉結奈。

以及用力抓著栗子色短鮑伯頭……

像月光一樣如夢似幻呆站著的野野花來夢——紫之宮蘭夢。

「……原來啊，師姊是知道我和『談戀愛的死神』交往，所以為我們著想，想趁我們受到抨擊前就先處理好。嘻嘻～～蘭夢師姊果然好體貼！」

「……不要開玩笑。我才不體貼。」

來夢以尖銳的口氣回答笑咪咪的結花。

「對妳——和泉結奈，擅自懷抱期待，為了不讓無聊的八卦新聞落到妳頭上，多管閒事。結果卻讓纏上我的那種人把目標鎖定在妳身上……實在太愚昧，讓我都厭惡自己。」

「看吧，師姊果然有夠想保護我的！謝謝妳，蘭夢師姊！」

「輪不到妳對我道謝。結果就是一切。我害妳和遊一蒙受不利，所以——我只是個瘟神。」

「就說不是這樣了。我說的不是結果怎樣，是師姊為我們著想這麼多，讓我好開心～～」

「我不就是在說，不管心意怎麼樣，結果才是一切嗎！如果只是著想，連猴子也會！」

「蘭夢師姊好倔強。」

「這是我要說的話！」

和泉結奈與紫之宮蘭夢。

以綿苗結花與野野花來夢的打扮，互不相讓。

然後，兩人相互凝視良久——

「……結奈，為什麼妳不把自己放在第一優先考量？」

「咦，沒有這種事啊。我太喜歡小遊，隨時都在跟他撒嬌。也曾說要兼顧教育旅行和演唱會，給久留實姊添了麻煩。嚴格說來……我很任性的。」

「——如果妳任性，那我呢？我活到現在，總是只想著自己的夢想。我的人生，遠比妳……更任性吧？」

「嗯～～……蘭夢師姊好頑固。有～～夠頑固，超級頑固！」

「……妳這是在耍我嗎？」

「我是在生氣～～！師姊明明可以多依靠我們一點！」

這是多麼孩子氣的話。

我不由得有些傻眼……但的確，也許有點道理。

野野花來夢——一直是平常演「來夢」，工作時演紫之宮蘭夢。

而她為了實現夢想……捨棄了其他一切，一直奮不顧身地努力，不對任何人說出真心話。

我無法指責這種抱持堅定信念的人生方向是任性。因為來夢就是那麼消磨著自己，活到今天。

可是……也許她的確很頑固。

「……為什麼非得依靠別人呢？」

來夢夾雜著嘆氣聲，撂下這樣一番話：

「我的雙親建立起他們自己的幸福，卻被旁人嘲笑是『蠢才』。脫離了一般大眾所謂的菁英路線時……我的父親只被視為被淘汰的人。我絕對不相信這種冰冷的世界。實現夢想要靠自己，抓住想要的未來也要靠自己。我——只相信我自己。」

「……來夢同學就是這樣說服自己，活到今天的吧。」

結花不為來夢頑固的話語所動。

聽到她的發言，來夢揚起眉毛。

「……妳這話是什麼意思？」

「『想也知道世界很冰冷，我誰都不相信』。用這樣的話說服自己——把自己關在玻璃房間裡。我只是想到，來夢同學選擇了這樣一條路。」

——一種讓在一旁看著的我都覺得呼吸困難的凝重氣氛。

然而，結花一到這種時候就意外地頑固。

所以我想直到最後……她都不會逃避面對來夢。

「……妳說，我是在說給自己聽？這話聽起來像是在說，我其實並不這麼認為呢。」

「是。照理說，其實來夢同學一定是……一直都希望相信人。」

「不要擅自認定。我只相信我自己——」

「——如果真的不相信任何人，那麼請問妳為什麼會喜歡小遊呢？」

結花毫不猶豫地問了來夢。

我不由得將視線轉到來夢身上。

站在那兒的——既不是「來夢」，也不是紫之宮蘭夢。

睜大的眼睛緩緩動搖。

緊繃成一字的嘴難受地扭曲。

獨自寂寞地佇立在那兒的……是野野花來夢。

「……結花同學果然好厲害。平常明明傻乎乎的，但這種時候——就會直戳痛處。」

「咦？妳剛剛是不是在嘲笑我？」

「沒有。我只是說出事實，說妳傻乎乎的。」

「很失禮耶……來夢同學真是的。」

看到結花鼓起臉頰，來夢微微笑了笑。

她忽然抬起頭……仰望滿天的晚霞。

「我會喜歡遊一——是因為遊一跟我非常像。」

「……像？我跟來夢很像？」

坦白說，這理由我聽得一頭霧水。

國中時代的我和各式各樣的傢伙聊天、胡鬧，過著比現在更常和眾人交流的日子。

話說回來，我和無論對誰都能圓滑地聊天，無論處在什麼場面都能融入的來夢……我是不會覺得屬於相似的類型啦。

「……啊哈哈。遊一聽得一頭霧水吧。」

看到我的這種表情，來夢以像是要哭的表情笑了。

然後——砰的一聲。

用右手按上自己的胸口。

「……我在國一時剛認識的遊一，不是有種『我很受歡迎呢！』的感覺嗎？不管對方是男生還是女生，都主動去聊很多，屬於比較亢奮的類型吧？」

「呃……也許妳要說的事很重要，但可以請妳盡量少提嗎……這太黑歷史，我會很想死。」

「對我來說，不是黑歷史。遊一這樣表現得很開朗——但有時候我會覺得遊一的眼睛深處在哭，這樣的瞬間有過很多次。這就是……我喜歡遊一的理由。」

——聽到來夢這麼說……

我無意間……想起了國中時代的自己。

我在學校都笑著過日子，但當時我們家鬧得不可開交，讓人無法靜下心的時期持續了很久。

從我上了國一那陣子開始，媽媽的工作就變得特別忙。

在這樣的變化當中，我真切地感受到老爸和媽媽沒有交集的氣氛……家裡待起來愈來愈不自在。

就在這種時候，那由在國小遇到了不愉快的事情，有點抗拒上學。

看到妹妹變得無精打彩，我開始心想……我必須堅強起來。

然後，在國一快要結束那時候，

媽媽離開了家。

從那之後，無論我還是那由，都不曾再見到母親。

——母親選擇了工作，拋棄了我和那由。

——原來她想做的工作比小孩更重要啊。

我還曾經有過這樣的念頭。

曾經說服自己……恨這樣的母親。

然而——其實我記得。

第15話
哪怕是想哭的夜晚，只要牽起手就一定會架起笑容的彩虹

記得我們還一起生活那時候，母親總是很溫和地笑著。
記得母親無論對我還是那由都很寶貝。
所以坦白說……我也有過想哭的時候。
可是，我心想不能表露出這種脆弱的自己。
——所以我在人前都會表現出一副很開朗的樣子，想開心地過生活。

如果說我這種樣子……和戴著「笑容」的面具生活的來夢很像。
的確——也許真是如此。

「小遊和來夢同學，的確很像呢。」
對於來夢這番話，結花倒是不怎麼驚訝，這樣回答。
「來夢同學，妳還記得嗎？我說過我覺得小遊的內心深處有個『寂寞的小孩』。」
「……是啊，我記得。因為——我覺得妳說得沒錯。」
「寂寞的小孩」？

我不知道結花在說什麼，於是她說了下去：

「小遊不管什麼時候都好努力，好帥氣，可是……我覺得有個小小的小遊不時會在內心深處哭泣。這個小小的小遊忍著寂寞的心情，一個人縮在那兒——我想讓他有滿滿的笑容。」

「…………是啊，我懂。正因為這樣，我也……才會喜歡遊一。」

來夢咬緊嘴脣，低下頭。

結花對這樣的來夢平靜地笑了笑。

「來夢同學，妳——就是想相信這個很像妳的小遊吧？」

「……不是想相信，我當時就是相信。他和我一樣，有個關在心中的自己。即使如此，還是對大家很好。這樣的遊一——絕對不會嘲笑別人的夢想，踐踏別人的心意。正是因為當時我這樣相信……才會喜歡他。」

接著來夢深深地，深深地嘆了一口氣。

「是啊，妳說得對。看到侮辱雙親的那些傢伙，年幼的我受了傷害。所以——我說服自己，再也不相信任何人，藉此保護自己。然後，我就只靠著真伽惠小姐的話語當作路標……一路走到今天。」

來夢的雙眸在顫動。

眼看隨時都會滴落的大滴水珠，在眼眶裡滾動。

來夢以顫抖的聲音——說出自己的心意：

「當遊一對我表白時……我真的好高興。如果是這個人，讓他看到真正的我，說不定也沒關係。說不定我將能以自己真正的樣貌露出笑容。正因為這樣覺得——我才變得害怕。」

「害怕……害怕什麼？」

看到來夢像是隨時都會崩潰，固然讓我有些躊躇——

但我還是鼓起勇氣問了。

結果來夢——落寞地笑了笑。

「我覺得一旦脫掉面具，就再也……變不回『來夢』，也變不回紫之宮蘭夢。所以——我不敢讓遊一看到真正的自己。」

「……變得只有野野花來夢的面貌，不行嗎？」

「是啊。因為當時……那就是我的夢想。」

——希望透過演戲與歌唱帶給大家幸福。

記得這就是來夢的夢想吧。

對喔，對來夢而言的面具……不只是用來隱藏自己。

同時也是——用來實現自己夢想的武器。

我怔怔地想著這樣的念頭。

來夢就攤開雙手，用演戲似的口氣說了：

「……啊哈哈。怎麼樣呢，兩位？即使捨棄了其他的一切，也要對夢想全力以赴——打著這樣的旗號，其實只是在隱藏脆弱的自己，這麼一個愚昧少女的故事。而且，還是莫名多管閒事——傷害了兩位，這麼一個不堪入目的少女的故事……真的只能是低劣的作品啊。」

「——絕對沒有這種事！」

結花以堅毅的態度回答這樣的來夢。

接著……緊緊抱住了來夢。

「……結花同學，妳這是什麼意思？」

「請妳不要把我最喜歡的師姊……說得那麼糟，來夢同學。」

結花抱著來夢說下去：

「我……最喜歡蘭夢師姊，不管什麼時候都很尊敬她。這樣的蘭夢師姊——試著幫助我，我怎麼可能因為結果好不好這種問題……就討厭師姊，對師姊生氣嘛……」

結花說到最後有些破嗓，不太好聽清楚。

卻是她蘊含了一番心意的——溫暖的話語。

看著這樣的結花，以及來夢。

我心想，我也不能不吭聲。

「我說啊，來夢，把我朋友的推角說得難聽的傢伙……就算是以前喜歡過的對象，我也不能原諒喔。」

來夢本來忍著淚水，這時吃了一驚似的睜圓了眼睛。

「要不傷害任何人，或是不被任何人傷害之類——在三次元的世界是沒辦法這樣活的。所以……妳就別這麼逞強了。」

——我想起去年聖誕節的事。

我有了結花這個未婚妻，是不是就不能再一起慶祝聖誕節了呢……那由那傢伙有了這樣的顧慮，讓她寂寞了。

——更早以前。

我想起了媽媽剛離開的那陣子。

…………她是個很體貼的人。

也是個很正經的人。

所以，她沒辦法拋開變得忙碌的工作——和父親越來越沒有交集。

就結果而言，我和那由……這些年來都過得很寂寞。

「和別人相處也可能會有互相傷害的時候。可是和別人一起……也會有很多能夠露出笑容的時候。這件事——是結花教我的。」

因為有結花在。

我已經不會在夜裡覺得孤獨。

一起吃吃飯、聊聊天，時間轉眼間就會過去。

時而歡笑，時而心動，時而溫暖。

只要和結花在一起……幸福就變得比悲傷多得多。

所以——

「我要一輩子支持這樣的結花——支持像太陽一樣帶給大家笑容的結花。我這樣發過誓。所以，結花重視的人……我也要重視。像是家人、二原同學、阿雅，還有鉢川小姐。至於粉絲……我為粉絲做些什麼是很奇怪，但我認為粉絲很重要。還有——來夢，妳當然也是。」

「……我也是？」

「那當然了！」

來夢對我說的話感到不解，結花先擦掉眼淚，然後對她說：

「來夢同學！請妳不要一個人扛起這些！雖然我這個師妹可能靠不住，但還是希望妳依靠我。然後我們……一起歡笑吧？」

接著結花輕輕摸了摸——來夢的頭。

就像母親安撫孩子那樣。

「…………不要對我好。」

「我偏要～因為……來夢同學一直一個人努力到今天。請妳多少讓我寵妳一下～～」

「……我也好想被遊一寵呢。」

「嗚！對……對不起！可……可可是，只有小遊我實在不能讓出去……」

「……啊哈哈，妳上當了。開玩笑的，開玩笑。我也不是那麼壞的女人好嗎……妳真傻。」

一行眼淚從來夢臉頰上流下。

那無疑不是演戲——是來夢流下的真正的眼淚。

「——謝謝你，結花同學。」

「不客氣，來夢同學。」

◆

「…………你們兩個訂了婚？已經同居將近一年？你們是說真的嗎？」

我和結花把所有情形都告訴來夢——她就露出狐疑的表情。

然後，深深呼出一口氣。

「處在這樣的關係，還在廣播節目裡大談『弟弟』……妳的風險管理到底是怎麼搞的？」

「呵呵……慚愧。」

「受不了……剛以為妳很有自己的想法，有時候卻又傻得離譜。結花同學真是個令人傷腦筋的師妹呢。」

來夢一邊說得像是發牢騷，一邊溫和地微笑。

既不是「來夢」，也不是紫之宮蘭夢——是一種月光般平靜的笑容。

「在廣播節目上的言行就先不說了——遊一，你身邊有著比誰都更愛你的人，讓我真的很開心。所以，請你……一定要幸福。」

「嗯。我保證，我會幸福。所以來夢，妳不要——再責怪自己了。」

「…………嗯，知道了。我盡量。」

因為覺得她的這個回答和平常演戲的情形不一樣。

讓我心想：我和結花的心意似乎多少讓來夢感受到了。

「話說回來──『鐮神』的事，得想辦法因應才行。」

說著，來夢換上紫之宮蘭夢般嚴肅的表情後。

淡淡地對我們宣告：

「光看前陣子的群起抨擊事件，實在不覺得『鐮神』會手下留情。」

「……說得也是。」

「是啊。所以，就在不久的將來──和泉結奈與『談戀愛的死神』的緋聞，就會被爆料到網路上，這多半無可避免。」

聽來夢說得有道理，結花表情微微蒙上陰影。

來夢在這樣的結花肩膀上輕輕一拍──平靜地微笑著說：

「只能依靠『60P製作』了。如果需要低頭拜託，我也會一起低頭。只要能讓妳──和泉結奈，不用走下聲優的舞台。所以……妳要笑，不然就不像妳了喔，結奈。」

「…………好的！蘭夢師姊！」

──坦白說，我對爆料系MeTuber「鐮神」非常不放心。

然而就像我們現在能夠這樣……和來夢互相了解。

結花的笑容所蘊含的力量，連奇蹟都能引發。

我相信她不會輸給那樣的惡意。

正因為相信，我也會和結花一起……竭盡全力到最後。

不然，我就無法抬頭挺胸說——我是她未來的「丈夫」。

第15話
哪怕是想哭的夜晚，只要牽起手就 定會架起笑容的彩虹

★即使不像我的作風★

『——知道了。雖然像是蘭夢和遊一的關係，還有「鐮神」的事情，讓我腦子亂得不得了，可是——這種時候挺不住，就沒資格當經紀人嘛。』

「……對不起，鉢川小姐，給妳添麻煩了。」

『沒關係的。我是經紀人，所以只要有困難，隨時都儘管找我幫忙。蘭夢有一個人煩惱的習慣，不是嗎？所以，這樣說是不太正經，可是……妳像這樣找我幫忙，我好開心。』

——我這樣和鉢川小姐通完電話後。

在沒開燈的昏暗房間裡，坐到床上。

仰望的天花板，遠處已經消失在黑暗中……感覺好寂寥。

和泉結奈——綿苗結花，是個遠比我意料中更堅強的女生。

她天真無邪又少根筋，盡是做些不按牌理出牌的事情。

但這種個性底下的心……比誰都更堅強。

和《愛站》的結奈一模一樣——我是這麼認為。

「遊一……能認識結花同學，真是太好了呢。」

我將念頭化為言語吐露出來，胸口有那麼點……刺痛。

對不起喔，遊一、結花同學。雖然我說過不再有「祕密」……

唯獨這份痛楚，還請讓我——藏在自己心中。

「…………沒有時間沮喪了呢。」

我深深吸一口氣，分心不去想胸口的痛。

接著閉上眼睛——想像心中燃起火焰。

與「鐮神」之間的事情始末，我已經全都和鉢川小姐報告了。

由於事態嚴重，消息恐怕——也會傳進六条總經理和真伽小姐耳裡。

不是當成我的問題，而是和泉結奈的問題。

我幾乎要被罪惡感壓垮。

可是，現在我還不能垮。

「……『各有各的信念，各有各的光芒。正確答案不是只有一種』……真伽小姐，謝謝妳給了我新的路標。」

希望透過演戲與歌唱，帶給大家幸福——追逐這樣的夢想。

以前，野野花來夢誓言即使要獻上自己的一切，也要朝頂點不斷發光發熱。

因為若不是朝著一個夢想奮不顧身地努力……野野花來夢就無法維持自我。

然而，正確答案——不是只有這麼一個。

……多虧結花同學，讓我能夠這麼想。

也許不像紫之宮蘭夢的作風。

也許不像野野花來夢的作風。

即使如此，我——為了遊一，為了結花同學。

我要和「鐮神」對抗到最後。而我一定會拯救他們兩個。

因為，這就是——

我現在……想做的事。

☆一～直……都好幸福☆

『事情我大致都聽蘭夢說了。妳為什麼會做出……那種事情啊，結奈……』

小遊去洗澡的時候。

我在自己的房間裡，打電話給久留實姊。

結果電話另一頭的久留實姊說話越來越帶著哭腔……讓我也胸口一陣絞痛。

然而，即使如此，我——還是坦白說出我的心意。

「對不起，久留實姊。就算是這樣，我還是——不希望蘭夢師姊露出悲傷的表情。」

『……妳好傻……結奈妳，真的好傻……』

久留實姊以變調的聲音這麼說。

我覺得她有那麼一點——為我笑了。

『正因為妳這麼善良——我才想一直支持妳。不要忘了，不管發生什麼事，鉢川久留實……都絕對是和泉結奈的經紀人。』

「……好的！謝謝妳，久留實姊。」

對不起，老是給妳添麻煩。

然而——我同時也想到。

久留實姊當然也是，還有桃桃、來夢同學、掘田姊……大家，每一個人都是。

讓我覺得我身邊全都是善良的人——真的好溫暖。

——久留實姊告知的事情大致有兩點。

一是站在「60P製作」的立場，正在調查有沒有辦法採取法律手段因應。

另一個則是……為了考量今後的事情。

明天公司的高層要和我會談。

「咿～～～……要和高層的人會談，我會緊張啦～～～……」

我一掛電話，就再也忍不住而發出聲音。

雖然久留實姊會跟我一起，就算這樣，我還是會怕啊。

高層之一是「60P製作」的代表董事。

也就是這間經紀公司最大的人——六条麗香總經理。

另一位則是擔任專務董事兼演員培訓部長這種艱難工作的人。

聽說是經紀公司裡第二大的人物——真伽惠小姐。

「……感覺事情鬧得好大喔。」

一說出口，先前的疲勞就一口氣湧來——讓我倒到被窩上。

碰到才剛鋪好的冰冷被窩，就覺得連心都要冷了。

以前那麼努力走到今天的來夢同學，因為「鐮神」——弄得夢想破滅。只有這件事，我真的不希望發生。

無論是和來夢同學之間的事，還是未來婆婆的事，都讓小遊受了滿滿的傷害……我更不希望他再受到別人傷害。

所以我下意識……

選擇在「鐮神」面前挺身而出，讓自己成為他的目標。

——與其讓他們兩人受傷，還不如我受傷。

這份心意並未改變，所以我不後悔。

但還是有那麼一點覺得……好害怕喔，小遊……

——上次有這樣的心情是什麼時候了？

☆一～～厓……都好幸福☆

以前的我經常獨自哭泣。

我把自己關在家裡，在房間裡用棉被蒙著頭的時候，也是這樣。

剛以聲優身分出道，被音效指導臭罵一頓之後，也會這樣。

可是，我遇到了「談戀愛的死神」先生。

讓我能夠面帶笑容——積極努力。

然後，我遇到了小遊。

每天都只有充滿開心的世界——在我面前拓展開來。

「我一～～直……都好幸福啊。幸福得讓以前那麼難受的事全都變成遙遠的過去。」

真的，謝謝你——我最喜歡的小遊。

你給了我滿滿的笑容。

第16話 【超级好消息？】我和我未婚妻的感情是永恆的

……我完全睡不著。

雖然蓋著棉被，閉著眼睛，但一點也不睏。

我無可奈何，慢慢坐起了上身。

結花在我身旁，側身睡著。

「……結花。」

我呼喊令人憐愛的她。

輕輕碰了碰結花的頭。

——今天真是不得了的一天啊。

來夢其實就是紫之宮蘭夢這件事當然也讓我很吃驚。

而遇到爆料系ＭｅＴｕｂｅｒ「鎌神」，也完全是意料之外的事情。

第16話
【超级好消息？】我和我未婚妻的感情是永恆的

「明明同樣是《愛站》的粉絲……為什麼他可以若無其事地做出那種事情啊。」

——對我們粉絲的冒瀆。

「鐮神」是這樣形容女性聲優有男朋友這件事。

這種感受，我完全無法理解。

可是，之所以無法理解……也許是因為我骨子裡就是「愛麗絲偶像」這種二次元美少女的粉絲。

「鐮神」多半是那種支持聲優甚於支持二次元角色的粉絲吧。

正因為這樣，他才會過度把聲優神化，會把自己的價值觀強加在她們身上——就結果而言，他淪為了死神。

把自己關在玻璃房間裡，只看得見自己的價值觀……這樣的「鐮神」。

搞不好——是我和結花也可能變成的未來樣貌之一。

「……嗯？」

我正想著這樣的念頭。

發現自己輕輕碰著的結花臉頰是濕的。

「結花，妳該不會醒著？」

「……咕～～」

這一問，結花就在完美的時機發出鼾聲。

ＯＫ，完全醒著吧。

「我看妳從一開始就睡不著？」

「咕～～咕～～咕～～」

「睡不著，在哭？」

「咕咕～～咕～～咕～～」

「……在睡覺的人～～」

「有～～咕～～」

就說妳明明醒著。

這樣下去沒完沒了，於是我抓住棉被——從結花身上一把掀開。

結花發出「嗚喵！」一聲小小的驚呼，身體縮得像個蛋似的。

「……人家明明在睡～～嗚嗚～～好冷喔～～幫人家蓋被～～不然……就是小遊當人家的棉被～～」

「嗯，知道了。那我就是棉被。」

「呼咦！竟然選那邊！等……等一——啊喵～～！」

明明是自己提的，不要事到臨頭才方寸大亂好嗎？真是的。

我一邊對這樣的結花莞爾——一邊躺下來，讓結花的臉維持在我胸口附近，緊緊抱住她。

「呼嘻……是小遊的氣味……喜歡～」

「我也喜歡妳啊，結花。」

「呼喵～！小……小遊！不能在耳邊講甜言蜜語啦！人家會瘋掉～～……笨蛋～」

我比平常更優待她一下，結果被罵了。

而結花罵歸罵，卻又忸忸怩怩地把身體朝我靠得更緊。

「……謝謝你，小遊。我好像完全睡不著——正覺得好寂寞喔。」

「這種時候就儘管叫醒我啊。比起自己睡眠不足，放妳寂寞還更讓我難受。」

「……真是的，你說這種話，我會哭得更凶嘛。小遊是笨蛋～……喜～歡。」

結花抬起頭，慢慢閉上眼睛。

將她的嘴脣——印在我的嘴脣上。

「嗯……好舒服～……」

「……別說這種台詞，我會忍不住的。」

「……小遊在忍嗎？不需要忍耐喔……因為我是小遊的嘛。」

接著結花又吻了我一次。

然後躺下來——把水藍色的連身裙拉到下胸的高度。

有著荷葉邊的純白內褲。

曲線美妙又美豔的腰。

以及有著細嫩的肌膚，讓人想摸個不停的肚子。

「等……等等，結花……」

理智與本能在我心中相互碰撞。

冷靜的我說現在不是慌張的時候。

獸性的我——滿心想碰結花，想得要死。

「欸……我們來做吧？小遊……」

結花說出這種不得了的發言……同時害羞地將雙手舉到嘴邊。

右手無名指上閃著銀色訂婚戒指的光芒。

而結花的眼淚——滴在戒指上。

「…………結花？」

結花不改露出肚子的誘人姿勢……眼淚流個不停。

看到結花這種模樣，理智擊倒本能後。

第16話

【超级好消息？】我和我未婚妻的感情是永恆的

我把結花掀起的裙子整好，再次緊緊抱住她。

「……小遊，不做嗎……？」

「笨～蛋。我可沒淪落到會把慾望發洩在快要被不安壓垮的未婚妻身上。」

「…………嗯。好喜歡小遊。」

結花用力抱緊我。

感受抱起來柔軟又嬌小的結花。

我想保護這女孩——這種念頭比之前更強烈。

「雖然我努力不讓事情波及小遊和來夢同學，可是啊，我還是有點……會怕。想著如果像以前那樣，有很多人對我說討厭的話……要怎麼辦。」

結花會這樣想是當然的。

一旦被他上傳有惡意的影片，和泉結奈有充分的可能遭到群起抨擊。

那樣一來——就會變得像是承受許多殘酷言語的國中時代那樣。

自己的心會不會又崩潰……確實會不安吧。

所以我用指尖拭去了結花的眼淚，對她露出最燦爛的笑容。

然後，我灌注著希望結花以後也能一起歡笑的心意。

「別擔心，結花。我會一直陪在妳身邊，所以……我們一起歡笑吧。以後也要一直這樣。」

「……最喜歡你了，小遊。」

結花聽了我的話，變得笑咪咪的。

手放到我的臉頰上——流著眼淚，吻了我。

「欸，小遊……求求你，在我哭完之前——都別停下這個吻喔。」

第17話 ——名為真相的妖精傳說——

「早啊，結奈。準備好了嗎？」

鉢川小姐從停在我們家門前的車上對結花打招呼。

咖啡色的頭髮綁成雙馬尾。

穿著粉紅色長版上衣與格紋迷你裙。

結花——和泉結奈，很有禮貌地一鞠躬。

「久留實姊，給妳添麻煩了。還請多多關照！」

——受到「鐮神」突襲的翌日。

結花正準備前往「60P製作」經紀公司……對高層說明詳細情形。

包括我和結花訂了婚。

包括我和結花同居。

一切的真相——都將就此讓經紀公司得知。

或許是因為有著這樣的緊張，眼前的結花……手微微在發抖。

「……鉢川小姐，可以拜託妳一件事嗎？」

「嗯？什麼事啊，遊一？」

所以我做出覺悟。

對鉢川小姐——低下頭。

「這次的事情，我也是當事人，所以……拜託！請妳帶我和結花，一起去經紀公司！」

我們下了車，在鉢川小姐的引領下，走進經紀公司……然後被帶到了一間很大的會客室。

「那我去拜託六条總經理，結奈和遊一就在這間會客室等著。」

鉢川小姐若無其事地這麼說完，往更裡頭走去。

「請……請問一下！雖然是我自己拜託的……這樣真的不要緊嗎？」

「……不問問看，我也不知道。也可能被臭罵一頓……唉。要是被開除，我就開始去相親還是聯誼吧。」

鉢川小姐在嘆息聲中發出這樣的牢騷。

然後轉身——朝我們眨了一隻眼睛。

「不過你們就別在意，包在我身上。不需要顧慮我，因為我……是和泉結奈的經紀人。」

就這樣，鉢川小姐離開後。

我和結花各自坐在會客室的椅子上。

聲優經紀公司這種地方，我實在不習慣。

心浮氣躁地四處張望，等著鉢川小姐回來，結果——

「——我可沒想到連遊一都來了。」

伴隨著耳熟的冷冷的說話聲……

身穿哥德風服裝的紫之宮蘭夢——在我們面前現了身。

「蘭……蘭夢師姊！為什麼，蘭夢師姊會——」

「……因為這次的事情，我也有責任。是我擅自跑來這裡的。」

她一頭及腰的紫色長髮翩翩飛揚。

紫之宮蘭夢若無其事地說了。

「……妳做這種事，不要緊嗎？」

她一派雲淡風輕，但打算做的事情是不是挺不得了？

我是這麼想，然而紫之宮蘭夢——若無其事地宣告：

「要不要緊，不是重點。我是紫之宮蘭夢，想做的事情，該做的事情……我要全力貫徹到底。這就是我的人生觀。」

「——還挺熱鬧的嘛。」

我、結花和蘭夢三個人正聊著。

就有一名身穿灰色套裝，腳步踩得喀喀作響的女性走來。

一頭燙捲的接近金色的咖啡色頭髮。

右眼邊的痣有種成熟的嫵媚。

「呃，蘭夢！為什麼連妳也在這裡！」

「——對不起，鉢川小姐。可是，我認為……這件事我有義務見證到最後。」

從後跟來的鉢川小姐動搖得相當厲害。

但另一名女性則絲毫不為所動——一派自在。

「沒關係，鉢川。這次的事情，紫之宮不也牽扯在裡面嗎？既然我們經紀公司要做出大動作因應，情報總是不嫌多。就讓我聽聽她怎麼說。」

結花猛力站起，端正姿勢。

我也跟著起身，面向這名女性。

「總經理，他是遊一——」

「不用問我也大概猜得到。你就是『談戀愛的死神』……和泉的『弟弟』吧？幸會，我是六条麗香，擔任這間『60P製作』的代表董事。」

「幸……幸會。這次給貴公司添了麻煩，我非常過意不去……」

「不用放在心上。無論你還是和泉，當然紫之宮也是——沒有一個人做錯。」

冷靜沉著的說話口氣。

老神在在的氣場。

「60P製作」的總經理真不是當假的……明明什麼都沒做，卻讓人被她震懾住。

「六条總經理——真的，很對不起！」

「和泉，抬起頭來。我剛剛不也說了嗎？我不打算責怪任何一個人。」

六条總經理以平靜的聲調這麼一說，優雅地微笑。

「無論和泉還是紫之宮……的確都是從事偶像風格活動的聲優。然而，無論多麼光鮮亮麗地活躍——一旦下了舞台，就只是個平凡人。對平凡人的戀愛還要課以規則，再也沒有什麼事情比這更蠢了吧？所以和泉——『60P製作』想保護妳。」

「非……非常感謝您！六条總經理！」

「…………只是，有一件事，我希望妳記住。」

說到這裡。

六条總經理一口氣壓低說話聲調，說出這樣一番話來。

「你們是平凡人沒錯——但對粉絲而言，是偶像。要如何看待偶像，是因人而異。正因為如此，既然事情演變成這樣……粉絲未必就會像以往那樣，以笑容接納妳。和泉——這個覺悟妳必須有。」

「六条總經理！這次的事是我的過失所導致……只有結奈被群起抨擊，我不能接受！」

來夢以反常的激昂態度，放粗了嗓子大喊。

「真不像冷靜的紫之宮呢。無論有什麼樣的內情，被揭露的八卦新聞就是一切。對粉絲來說是這樣……對吧？」

「請問，就沒有辦法在影片被上傳前，阻止『鐮神』嗎？」

「一旦他上傳，我們會迅速採取法律途徑因應。準備已經開始進行。然而——要在影片上傳之前阻止他，實際上很難辦到。」

無論如何抗議，得到的回答都是無情的。

面對這樣的現實，來夢用力咬緊牙關。

「……謝謝妳，蘭夢師姊。可是，不要緊的——因為這些都是我早就知道的。」

結花眉尾下垂，以小得快要聽不見的聲音這麼說。

看到這樣的結花——我以幾乎要折斷手指的力道握緊了拳頭。

——粉絲未必就會像以往那樣，以笑容接納妳。

我腦子裡早已明白。然而，實際聽見這句話——

就覺得這對為粉絲送上了這麼多笑容的和泉結奈而言……實在是太殘酷的現實。

我無力地杵在原地——

「……啊，找到了。麗香，妳換地方要跟我說一聲啊，害我不知道妳跑哪兒去了。」

「——啊啊，抱歉，惠。我忍不住先開始了。」

會客室裡緊繃的氣氛一口氣變得柔軟。

這個剛傳來的說話聲——就是如此平靜而溫和。

「……真伽，小姐。」

來夢小聲地喃喃叫出這個名字。

真伽小姐——這個名字，我從結花與來夢口中聽過幾次。

在我們懂事之前，就讓全日本沸騰的頂尖模特兒——真伽惠。

我只對動畫或遊戲有興趣，所以很過意不去的是我連她的長相都不知道。

…………但是為什麼呢？

我總覺得這個嗓音——我好像在哪兒聽過。

「惠，我來介紹。他就是『談戀愛的死神』——是結奈的粉絲，也是她的交往對象。」

我被六条總經理叫到，踏上一步。

接著我……首次和真伽惠面對面。

「幸會，『談戀愛的死神』先生，我是真伽——」

真伽惠一句話哽在喉頭。

——於是……

我和真伽惠在同一個時間點開了口。

「——遊一？」

「…………媽媽？」

那是我聽過的聲音。

是我見過的臉孔。

我不可能會忘記。

真伽惠。

她的本名是——佐方京子。

——是我的母親。

後記

【好消息】冰高的作家人生，《好消息》將占一半！

標題講的是這麼私人的事情，實在惶恐……但還是非常謝謝各位讀者平素的支持，我是冰高悠。

本系列終於進入第七集。

冰高過去的著作合計共有十四本，所以要說我把作家人生的一半都花在了《好消息》上也並不為過。

這全都多虧了各位讀者的支持，真的非常感謝各位！

在第七集推出的同月份，由椀田くろ老師所畫的漫畫版《好消息》第二集也將上市。由表情豐富的結花等人交織出到原作第一集結束的故事。同時還有購書連動促銷活動，還請大家務必一起購入！

除此之外，PV、語音漫畫、MV《連結笑容的花（笑顏を結ぶ花）》也持續公開。ASMR語音廣播劇版的《好消息》也正大好評發售中！

好的，接下來的內容就會包含對第七集劇情的爆料。

從後記看起的讀者，還請小心喔。

關於來夢的設定，是在執筆第二集時就大致上底定。她甩了遊一的理由、作為紫之宮蘭夢的信念，以及與桃乃的關係等等都是。然而，之前的她始終秉持達觀的態度，維持不顯露真心的舉止。

這樣的來夢，終於首次能夠對遊一與結花袒露真正的自己……這樣一想，就在感慨萬千的同時，也不由自主地覺得：「真是太好了呢，來夢。」

就如作品中的描寫，來夢和結花是鮮明的對比。

她們都有著過去深深受創的經驗，變得會隱藏真正的自己，有著各種不同的面貌。她們有這樣的共通點，但結花期盼能和大家相連，來夢則一直貫徹堅定的信念。

在描寫這樣兩個人的過程中——有些事情超出了作者的意料。

那就是即使與來夢或「鐮神」對峙，仍然毫不動搖的結花。

坦白說，在擬大綱的階段，我本以為結花會更軟弱一些。然而實際寫完一看……結花無論面

臨什麼樣的危機，都面帶笑容去面對。

正因為結花超越了作者的意圖，有了這樣的長進——想必她以後也一定沒問題。

我有著這樣的自負，寫出了能讓人有這種感受的最棒的一集。

然後是終於揭曉的《好消息》最後的真相……那就是真伽惠的真面目。

真伽惠的設定也是在執筆第三集時就已經底定，包括要以她的真面目來作為《好消息》這一集最後大高潮的這一點。

遊一與結花的訂婚生活，是由雙親擅自決定的婚事開始。兩人在克服各式各樣困難的過程中，漸漸變成「夫妻」——成為了「家人」。

正因為是這樣的兩人，才更不能不去面對這個對象……那就是遊一的家人真伽惠。

與她之間的故事，究竟將迎來什麼樣的結局呢？如果各位讀者能夠見證到最後，那就是萬幸了！

接下來是謝辭。

たん旦老師，承蒙您以情人節為主題，畫了居家結花、在校結花與和泉結奈，真的非常謝謝您！看著用色比平常更溫暖的結花，就會湧起一股明天也要好好努力的氣力。今後也還要請您多多關照。

T責編、N副責編，由於第七集有著很多將成為整個故事關鍵的場面，讓本書的製作過程始終難產，非常抱歉。今後我想還是會給兩位添麻煩，但我會努力，還請兩位多多關照！

為本作創作漫畫版的椀田くろ老師、在ASMR語音劇中為結花配音的日高里菜小姐、製作MV樂曲的家の裏でマンボウが死んでるP老師、在PV與語音漫畫中為遊一&結花配音的石谷春貴先生&伊藤美來小姐，以及參與本系列的所有相關人士。

因創作而有所交集的各位；朋友、前輩、後輩們、家人。

真的真的，一直都很謝謝你們。

最後是各位讀者。

遊一與結花的故事也將要進入大結局。

我想朝著能和大家一起歡笑的未來，卯足全副心力把故事寫下去。

還請各位讀者支持《好消息》到最後！

氷高　悠

位於戀愛光譜
極端的我們
6
長岡マキ子
插畫／magako
Kadokawa Fantastic Novels

位於戀愛光譜極端的我們 1~6 待續

Kadokawa Fantastic Novels

作者：長岡マキ子　插畫：magako

你該不會……到現在還是處男怪吧……？
大受好評青春群像劇進入大學生篇！

一起度過燦爛時光的同伴們都已踏上各自的道路。月愛當然也開始按自己的步伐往前奔跑。然而，我的心意仍舊與當時一樣。這次是距離上集結尾……三年後的故事！咦咦？月愛和龍斗……變得如何了呢？請放心，這次依然是大家一起揮灑青春！

各 **NT$220~250/HK$73~83**

借給朋友500圓，
他竟然拿妹妹來抵債，
我到底該如何是好
としぞう
插畫 雪子
3
I lent 500 yen to a friend.
his sister came to my house
instead of borrowing.
what should I do?
Kadokawa
Fantastic Novels

借給朋友500圓，他竟然拿妹妹來抵債，我到底該如何是好 1~3 待續

Kadokawa Fantastic Novels

作者：としぞう　插畫：雪子

令人臉紅心跳的暑假同居生活，
邁入下定決心的第三幕！

求在聽到實璃的吐槽之後，總算願意面對自己的心意。時間來到八月底，這段以償還五百圓債務為名義展開，求與朱莉的同居生活也即將結束。真的可以讓這段日子只剩下回憶嗎？求為此陷入煩惱，而他與即將離開的朱莉之間的戀情，又將何去何從呢——？

各 NT$230~240/HK$77~80

白井ムク
千種みのり
其實是繼妹。
~總覺得剛來的
繼弟很黏我~
2
Jitsuha
imouto
deshita.
Kadokawa
Fantastic Novels

其實是繼妹。
~總覺得剛來的繼弟很黏我~ 1~2 待續

Kadokawa Fantastic Novels

作者：白井ムク　插畫：千種みのり

「老哥，你陪我練習……接吻吧？」
刺激的請求，開啟了全新的混亂局面！

晶的個性隨性，是個可愛過頭的弟……是像弟弟一樣的繼妹。自從她向我表明心意後，和我相處的距離還是老樣子。不對，我們之間的距離反而縮短，每天都過著心頭小鹿亂撞的兄妹生活！這是我和晶以一對兄妹、一對男女的身分，又成長了一點點的第二集！

各 **NT$260/HK$87**

3
volume
three
西条陽
插畫 Re岳
我當備胎女友也沒關係。
I'm fine with
being the
second girlfriend.
Kadokawa
Fantastic Novels

我當備胎女友也沒關係。 1~3 待續

Kadokawa Fantastic Novels

作者：西 条陽　插畫：Re岳

「欸，我們倆一起共享他吧？」
不斷加速，宛如泥沼般的三角關係——

　　我現在正同時和橘同學以及早坂同學交往。共享的規則就是雙方都不可以偷跑。既然無法成為「第一順位」的人會受傷，那麼這也能說是一種溫柔的關係吧。但我們的關係終將開始產生扭曲。不斷掙扎、依存，磨耗，最終墜向深不見底的深淵……

各 **NT$270/HK$90**

紙城境介
插畫／たかやKi
繼母的拖油瓶是我的前女友
「只有求婚還不夠」
9
Kadokawa
Fantastic Novels

繼母的拖油瓶是我的前女友 1~9 待續

Kadokawa Fantastic Novels

作者：紙城境介　插畫：たかやKi

該選擇與結女再次兩情相悅的未來，還是幫助伊佐奈發揚才華的夢想？

水斗為伊佐奈的才華深深著迷，熱衷於她的職涯規劃。兩人為了轉換心情去聽遊戲創作者演講，主講人卻是結女的父親！儘管自知對結女的感情日益增長，然而事態將可能演變成家庭問題，水斗在戀情與現實間搖擺不定，結女卻開始積極進攻——

各 NT$220~270/HK$73~90

義妹生活
6
三河ごーすと
Hiten
Days with my Step Sister
presented by
ghost mikawa
Kadokawa Fantastic Novels

義妹生活 1~6 待續

Kadokawa Fantastic Novels

作者：三河ごーすと　插畫：Hiten

明明早已決定獨自活下去，
卻在不知不覺間想著要走在某人身旁。

悠太與沙季表面維持如以往的距離，關係卻有了明確變化。兩人在煩惱禮物、如何過紀念日、怎麼討對方歡心等問題的同時，也以自己的方式摸索幸福之路。而看見雙親與親戚的模樣，讓他們考慮起家人的聯繫、戀愛關係後續發展……乃至結婚生子……？

各 **NT$200~220/HK$67~73**

Reunited
with my former lover on
a dating app
在交友軟體上
與前任重逢了。
VOLUME. 1
ナナシまる
Illustration
秋乃える
Kadokawa Fantastic Novels

在交友軟體上與前任重逢了。 1 待續

作者：ナナシまる　插畫：秋乃える

交友軟體所揭示、命中注定的對象，竟是已經疏遠的前女友!?

我在朋友的推薦下開始使用交友軟體，與其中一位女性相談甚歡，而且交友軟體顯示我們的契合度竟然高達98%！然而約會當天我在約好的地點見到的，卻是已經疏遠的前女友高宮光！除了她，我還配對到同校的邊緣人美少女——初音心。要回頭還是要前進？

NT$240/HK$80

國家圖書館出版品預行編目資料

【好消息】我的不起眼未婚妻在家有夠可愛。/
氷高悠作；邱鍾仁譯. -- 初版. -- 臺北市：臺灣
角川股份有限公司, 2023.10-
　冊；　公分. -- (Kadokawa fantastic novels)
譯自：【朗報】俺の許嫁になった地味子、家
では可愛いしかない。
ISBN 978-626-378-048-4(第7冊：平裝)

861.57　　　　　　　　　　　　112013279

Kadokawa
Fantastic
Novels

【好消息】我的不起眼未婚妻在家有夠可愛。 7

（原著名：【朗報】俺の許嫁になった地味子、家では可愛いしかない。 7）

2023年10月25日　初版第1刷發行

作　者：氷高悠
插　畫：たん旦
譯　者：邱鍾仁

發行人：岩崎剛人
總編輯：蔡佩芬
編　輯：孫千棻
美術設計：宋芳茹
印　務：李明修（主任）、張加恩（主任）、張凱棋
發行所：台灣角川股份有限公司
地　址：104台北市中山區松江路223號3樓
電　話：（02）2515-3000
傳　真：（02）2515-0033
網　址：www.kadokawa.com.tw
劃撥帳戶：台灣角川股份有限公司
劃撥帳號：19487412
法律顧問：有澤法律事務所
製　版：巨茂科技印刷有限公司
ISBN：978-626-378-048-4